KB114577

내 손끝의
탑스타

내 손끝의 탑스타 2

박끌 장편소설

초판 1쇄 찍은 날 § 2017년 11월 16일
초판 1쇄 펴낸 날 § 2017년 11월 23일

지은이 § 박끌
펴낸이 § 서경석

총괄팀장 § 최하나
편집책임 § 신보라
디자인 § 신현아

펴낸곳 § 도서출판 청어람
등록번호 § 제387-1999-000006호
등록일자 § 1999. 5. 31
어람번호 § 제1-2792호

주소 § 경기도 부천시 부일로 483번길 40 서경B/D 3F (우) 14640
전화 § 032-656-4452 팩스 § 032-656-4453
http://www.chungeoram.com
E-mail § chungeorambook@daum.net

ISBN 979-11-04-91515-4 04810
ISBN 979-11-04-91513-0 (세트)

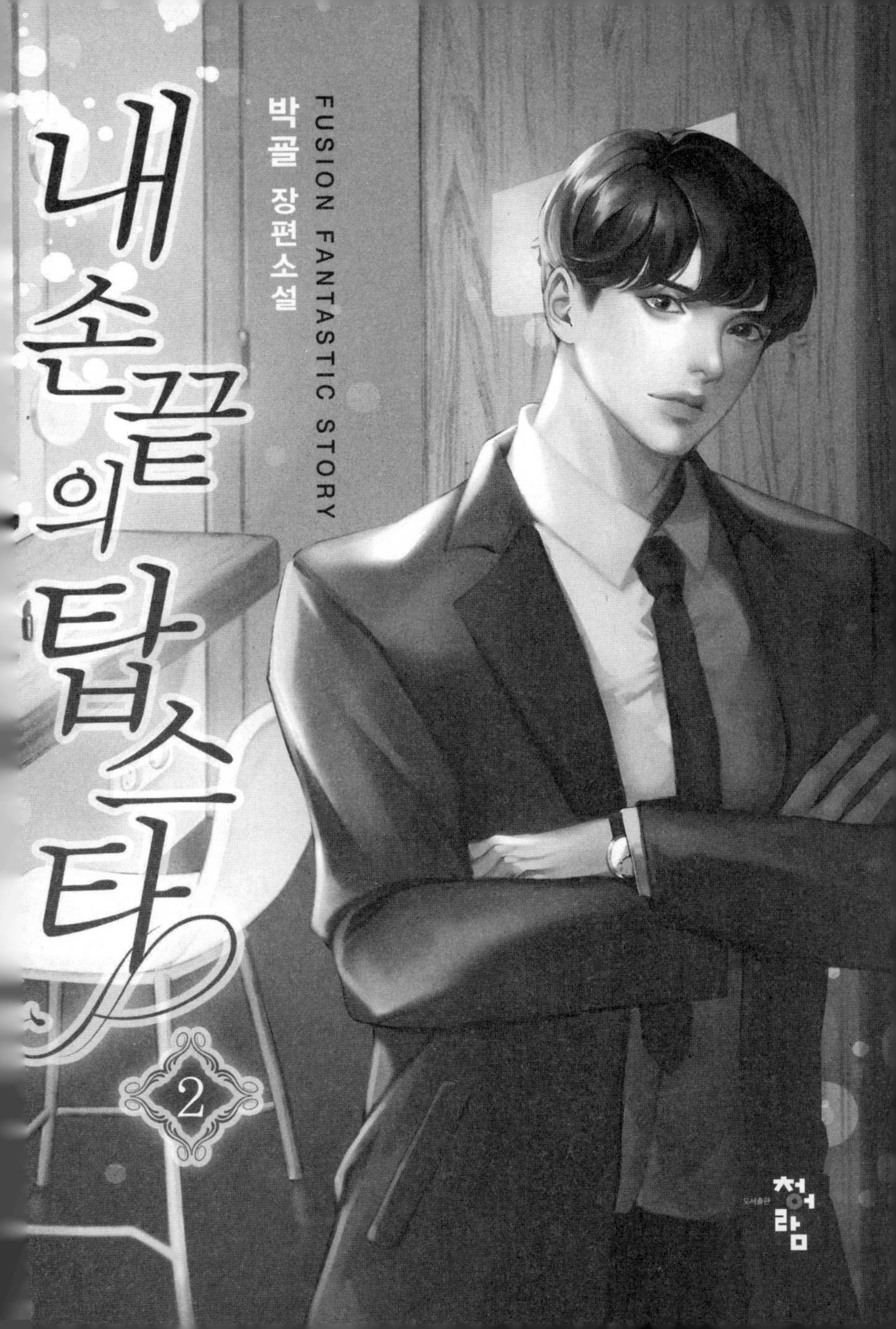
내 손끝의 탑스타
박골 장편소설
FUSION FANTASTIC STORY
2
도서출판 청어람

Contents

　무모한 형제들의 2회분 촬영은 각 멤버들마다 야외촬영의 비중이 컸다. 평일 오후 1시 무렵, 홍인대학교의 정문으로 어울림의 봉고차가 들어섰다.

　드르륵. 봉고차 문이 열리며 정훈민이 모습을 드러내었다.

　정훈민은 90년대에 유행했을 법한 힙합 바지에 노란색 워커, 하얀색 라운드 티셔츠, 그리고 젤을 발라 더듬이를 길게 내린 헤어스타일을 하고 있었다. 뒤이어 작가들과 VJ들이 우르르 봉고차에서 내렸다. 마지막으로 현우가 운전석에서 내려왔다.

정문을 지나던 대학생들이 갑자기 몰려들기 시작했다. 특이한 옷차림을 한 정훈민이 눈에 띄었기 때문이다.

"무모한 형제들 촬영이다! 송지유 찍으러 온 건가?"

"오빠! 사인 좀 해주세요!"

"송지유는 어디에 있어요?!"

대학생 수십 명이 몰려들었다. 다행히도 촬영에 들어가자 뒤로 물러서 일정 거리를 유지해 주었다.

"저거 그 송지유가 타고 다니는 봉고차 아냐?"

"진짜네? 사진 찍자!"

몇몇 대학생들이 신기한 물건을 보듯 사진을 찍어대기 시작했다. 그 모습에 현우가 헛웃음을 삼켰다. 지금 시점에서는 그리 오래된 연식의 차도 아니었는데 조금 억울했다.

정훈민이 그런 현우의 어깨를 툭 쳤다.

"왜 창피하냐?"

"제 차보다는 형이 더 창피한데요?"

"와아! 이거 나 고등학교 다녔을 때는 최신 패션이었다고! 너도 알잖아?"

정훈민이 발끈했다. 현우는 피식 웃으며 슬슬 VJ들 쪽으로 빠져주었다. 어쨌든 주인공은 정훈민과 송지유였다.

캠퍼스 안으로 들어가자 많은 대학생들이 정훈민을 반겨주었다. 달려드는 팬들을 일일이 안아주는 정훈민의 텐션은 보통이 아니었다.

'지난 방송 이후로 확실히 훈민이 형도 달라졌어.'

충고 탓이었을까. 정훈민이 드디어 길고 길었던 슬럼프를 벗어났다. 소속 연예인은 아니었지만 현우는 기분이 좋았다. 정훈민의 활약에 따라 송지유의 가치도 올라갈 것이다.

현우는 이진이와 함께 뒤쪽에서 정훈민을 따라 걸었다. 그러다 어느 순간 정훈민을 향한 환호성이 잦아들며 대학생들이 조금씩 옆으로 물러났다.

"지유가 온 모양이네요."

현우의 예상대로였다. 청색 스키니 진에 하얀색 운동화, 그리고 분홍색 후드 차림의 송지유가 김은정과 함께 나타났다. 패션디자인학과답게 에코백에는 커다란 곡자나 S모드 자가 삐죽 나와 있었다. 얼굴을 살펴보니 김은정이 수수하게 메이크업까지 시켜놓은 상태였다. 지금의 송지유는 완벽한 여대생이었다.

"내가 왔다! 소녀여! 오늘도 소녀는 예쁘다!"

정훈민이 반갑다고 난리를 쳤다. 주변에서 웃음소리가 터져 나왔다. 송지유의 시선이 정훈민이 아닌 현우에게로 먼저 향했다. 고작 하루를 보지 못했는데도 반가운 기색이 역력했다. 작가들과 VJ들이 순간의 공백에 당황하려는 찰나 송지유가 입을 열었다.

"정문에서 기다리라고 했잖아요."

송지유가 차분한 표정으로 정훈민을 조금 나무랐다.

"너도 내가 창피해?"

정훈민이 버럭 하며 더듬이 머리를 뒤로 넘겼다. 주변에서 또 웃음이 터졌다. 송지유 역시 마찬가지였다. 살짝 웃는데도 그 모습이 예뻐서 VJ들이 앞다투어 카메라를 들이대고 있었다.

캠퍼스에서 정문까지 내려오면서 정훈민과 송지유는 티격태격하는 장면을 계속해서 보여주었다. 특히 정훈민이 아무리 도발을 해도 송지유는 눈 하나 깜짝하지 않고 포커페이스를 유지했다. 정훈민이 안달이 나서 어쩔 줄을 몰라 했다. 그럴 때마다 송지유가 적절하게 분위기를 리드하며 때로는 달달한 분위기를 연출했다.

"저 아이 보통이 아니에요. 정말 20살 맞아요?"

이진이가 송지유를 보며 혀를 찼다. 이진이의 나이는 현우와 동갑인 26살이었다. 나름 연애 경험도 있고 남자를 잘 안다고 생각했는데 송지유에 비하면 초라하게 느껴질 정도였다. 정훈민이 이번 트로트 특집에서 상남자 콘셉트를 잡을 수 있었던 까닭에는 송지유의 역할이 가장 컸다.

"같은 또래의 연예인이었다면 절대 저런 드립들 못 받아줬을 거예요. 그렇지 않아요, 현우 씨?"

"그랬을 겁니다."

현우도 같은 생각이었다. 같은 또래의 아이돌이거나 여배우였다면 정훈민이 연신 뱉어내는 거친 아재 개그에 눈살을 찌푸리거나 당황했을 것이다.

캠퍼스에서 정문까지 내려오는 데 정확하게 20분이 걸렸다. VJ들이 카메라를 내려놓고 작가들과 함께 찍은 영상을 확인하기 시작했다. 제법 포근한 날씨에 정훈민은 메이크업을 고치고 있었고, 송지유는 어느새 현우와 함께였다.

"어땠어요?"

"잘했어. 봐봐, 다들 만족스러워하잖아."

정말이었다. VJ들과 작가들의 표정이 유난히도 밝았다. 영상 확인을 마친 이진이가 현우에게로 다가왔다.

"추가 촬영 들어가는 겁니까?"

"아니에요. 지유 씨가 너무 잘해줘서 야외촬영은 여기까지예요."

"지유, 수고했어. 혹시 기분 상했던 말들 있었어?"

메이크업을 고치고 돌아온 정훈민이 송지유에게 물었다.

"아니에요. 훈민 선배님 덕분에 재미있었어요."

"휴우. 그럼 다행이다. 내가 이상하게 너만 만나면 방언이 터진다, 터져. 하하."

정훈민은 유쾌하게 웃었다. 그러다 현우의 어깨에 척 손을 올려놓았다.

"다음 촬영까지 시간 많이 남았잖아? 밥 살 테니까, 가자."

"형님이 또 사시게요?"

"어차피 돈 쓸 데도 없어. 소고기 먹으러 가자!"

"나이스!"

정훈민이 호기롭게 소리쳤고 김은정이 주먹을 불끈 쥐었다. 급히 방송국으로 돌아가서 편집을 해야 하는 작가들이나 VJ들은 다음을 기약했다.

*　　　*　　　*

저녁 6시가 넘어서 2차 촬영이 시작되었다. 촬영 장소는 트로트 특집과 잘 어울리는 나이트클럽이었다. 인천 부평에 위치한 목련 나이트였는데 현우도 익히 잘 알고 있는 곳이었다. 무대 위에 걸린 '도전 트로트 가수!'라는 간판이 휘황찬란한 불빛을 발했다. 제작진에 의해 꾸며진 무대를 바라보고 있자니 감회가 새로웠다.

현우가 생각에 잠겨 있는 사이 이준영이 이승훈과 함께 현우에게로 다가왔다.

"무슨 생각을 그렇게 골똘히 합니까?"

"별거 아닙니다. 그냥 옛 기억들이 조금 떠올라서요."

"그래요? 혹시 여기 와본 적 있습니까?"

"네, 뭐."

현우는 말끝을 흐리다 다시 입을 열었다.

"세트가 멋있네요. 꼭 50년대 무도회관을 보는 것 같아요."

"하하. 역시 안목이 있으시네. 그때가 트로트 전성기 아니었습니까? 그래서 애들 시켜서 그때 분위기 좀 나게 해봤습니다. 그건 그렇고 송지유 씨 반응이 뜨겁던데요? 여러모로 힘 좀 들 겁니다. 각오는 되어 있죠?"

이준영이 여러 의미를 담아 말했다.

"각오는 항상 되어 있습니다. 피디님, 한 가지만 물어봐도 되겠습니까?"

"물어보세요."

"피디님도 우리 지유한테 관심이 좀 생기신 것 같은데, 아닙니까?"

현우가 넌지시 떡밥을 던졌다. 여유롭던 이준영이 순간 진지한 얼굴을 했다.

"뭐 관심보다는 그냥 매니저님이나 송지유 씨나 좀 흥미가 있어서 말입니다. 그럼 촬영 준비 잘하시고 오늘 열심히 해봐요. 귀찮아서 말 안 하려고 했는데 매니저님도 바보가 아닌 이상 이번 촬영이 얼마나 중요한지 잘 알고 있을 겁니다. 그렇죠?"

"물론입니다. 사실 오늘 우리 지유의 진가를 보여줄 생각으로 왔습니다."

"하하. 좋아요. 그 진가만 제대로 보여주세요. 그럼 앞으로 어떻게 될지는 아무도 모르는 겁니다. 그럼 수고해요. 촬영 끝나고 다시 이야기하죠."

애매모호한 말을 남기고 이준영이 제작진 쪽으로 합류했다. 어느덧 촬영 시간이 가까워지자 무모한 형제들 멤버들과 게스트들이 하나둘 모습을 드러내었다. 현우는 분장실 쪽을 바라보았다. 송지유가 아직도 모습을 드러내지 않고 있었다.

"준비해 주세요! 곧 촬영 들어갑니다!"

세트가 분주해지기 시작했다. 촬영 시간까지 남은 시간은 5분 정도. 현우도 덩달아 마음이 급해졌다.

"지유는 아직 준비가 덜 된 거예요? 촬영 10분만 늦춰달라고 부탁해 볼까요? 매니저님?"

주란미가 사근사근한 목소리로 말을 걸어왔다.

"아닙니다, 선생님. 지유 곧 나올 겁니다. 신경 쓰게 해드려서 죄송합니다."

"호호. 아니에요. 내가 좋아서 하는 일이에요."

"감사합니다, 선생님."

그사이 분장실 쪽에서 누군가가 현우를 불렀다. 김은정이었다. 그 옆에 송지유가 있었는데 현우는 물론이고 제작진들과 스탭들의 시선이 일제히 송지유에게로 고정되었다.

'은정이가 또 한 건 했구나.'

현우가 씩 웃으며 김은정에게 엄지를 들어 보였다. 1950년대 스타일로 꾸며진 세트에 걸맞게 송지유도 1950년대의 뉴룩 스타일로 꾸며져 있었다. 종아리까지 내려오는 블랙 A라인 스커트에 상의는 순백의 코튼 블라우스를 입었다. 그리고 새하얀 목에는 체크무늬 손수건을 묶어놓았다. 헤어스타일은 볼륨감 있게 레이어드 컷 웨이브를 넣어 양어깨로 흘러내리고 있었다.

완벽한 의상과 헤어스타일에, 도도하고 차가운 분위기의 송지유가 세트로 걸어오자 마치 1950년대로 되돌아온 것 같은 기분이 들 정도였다. 블랙 차이나 원피스에 만두 머리를 하고 나온 조윤지가 급히 코디들을 부르느라 촬영은 20분이 더 지나서야 시작되었다.

"은정아, 오늘 고생했다. 미리 생각해 놓은 거야?"

"헤헤. 지유랑 밤새 고민했거든요. 그래서 생각해 낸 건데 괜찮죠? 오드리 햅번이 유행시켰던 뉴룩 스타일이에요!"

"잘했다."

현우가 김은정의 머리를 쓱쓱 쓰다듬어 주었다.

카메라가 돌기 시작하며 본격적으로 촬영이 시작되었다. 장지석이 노련하게 진행을 하며 파트너들끼리의 친밀도를 체크했다. 정훈민이 직접 대학교까지 찾아갔다며 무용담을 늘어놓았고, 많이 친해졌냐는 장지석의 질문에 송지유는 또 미소를 짓기만 했다. 결국 정훈민이 분통을 터뜨렸고 세트는 웃음 바다가 되어버렸다.

촬영이 계속되었고, 이번 2회 차의 핵심이라고 할 수 있는 시간이 다가왔다. 무모한 형제들의 게스트들이 무대 위에 올라 직접 트로트를 불러야 했다. 그리고 자신의 파트너가 마음에 들지 않는 멤버들은 게스트 교환 신청이 가능하다.

제일 먼저 성대식이 무대 위로 나와 자신의 히트곡을 열창했다. 하준호와 김철도 연이어 히트곡들을 불렀고 무대는 춤을 추고 있는 멤버들로 인해 한껏 달아올랐다.

'하지만 이제부터가 진짜야.'

조윤지와 주란미가 남아 있었다. 조윤지는 요즘 인기를 끌고 있는 대세답게 히트곡인 '사랑해 주세요'를 완창하며 뜨거워진 무대를 더욱 뜨겁게 만들었다. 조윤지의 무대가 끝이 나자 장지석이 거창한 멘트와 함께 주란미를 무대로 불렀다.

전설적인 가수답게 주란미가 무대 위에서 풍기는 압박감은 장난이 아니었다. 현우도 주란미가 라이브로 노래를 부르는 장면은 생전 처음 보는지라 팔짱을 낀 채 무대에 집중했다.

주란미가 선택한 곡은 수많은 히트곡 중 하나인 '비 내리는 오작교'였다. 구슬픈 음성에 흥분으로 달아올랐던 무대가 숙연해지기 시작했다. 그리고 순식간에 무대는 끝이 났다. 그 순간 감동한 표정으로 멤버들이 박수를 쳤다.

'전설은 전설이야. 노래를 부르는 내내 사람들을 압도했어.'

현우의 솔직한 감상이었다.

"오빠. 근데 왜 지유는 항상 마지막이에요?"

김은정이 툴툴거렸다.

그사이 송지유가 무대 위로 올라섰다. 정훈민이 휘파람을 불며 송지유를 응원했고, 송지유가 손을 흔들어 보였다. 무대 위에 오른 송지유의 눈동자가 현우에게로 향했다.

"녀석. 긴장했어."

현우 역시 떨리기는 마찬가지였다. 이번 무대를 통해서 들끓고 있는 여론을 역전시켜야 했다. 전주가 흘러나오기 시작했다. 김은정이 눈을 동그랗게 떴다.

"어? 오빠?"

"그래. 월량대표아적심이다. 립싱크라고 떠드는 인간들한테 본때를 보여줘야 하지 않겠어?"

"와. 대박!"

비명을 지르려던 김은정이 얼른 입을 막았다. 잔잔하고 애절한 전주가 흘러가고 마침내 송지유가 분홍빛 입술을 떼었다.

청아하고 부드러운 저음에 쓸쓸하고 아련한 감정이 세트장을 휘감았다.

촬영에 집중하고 있던 카메라 감독들이나 제작진들이 하나둘 쓰고 있던 헤드폰을 벗고 묘한 표정들을 했다. 어느새 노래가 끝이 나고 송지유가 스탠딩 마이크에서 손을 떼었다.

"……."

세트 일대가 침묵으로 물들었다. 5초가 지나고 10초가 지나도 좀처럼 침묵은 깨지질 않았다. 결국 어느 작가의 사인에 정신을 차린 장지석이 급히 오디오를 메우기 시작했다.

"어, 음. 막 가슴 한구석이 찌릿한데요? 와아. 정말……."

장지석뿐만 아니라 멤버들도 좀처럼 여운에서 빠져나오지 못하고 있었다. 무언가 지시를 내려야 할 제작진들이나 스탭들도 마찬가지였다.

"축제 때 진짜 라이브로 노래 부른 거였네. 하여간 의심들은! 그러니까 어린애를 가지고 뭘 그렇게 의심들을 해?"

김민수가 무의식적으로 멘트를 쳤다.

"빌어먹을 진짜!"

쾅! 책상을 내려치며 김기태가 벌떡 자리에서 일어났다. 회의실에 모여 있던 작가들과 조연출들이 얼어붙은 표정으로 김기태의 눈치를 살폈다. 회의실 벽에 붙어 있는 TV에서는 무모한 형제들이 끝나고 토요일 8시 뉴스가 흘러나오고 있었다.

"반응 살펴봐! 빨리!"

김기태가 작가들을 채근했다. 작가들이 급히 노트북으로 포털 기사들과 대형 커뮤니티를 확인했다.

"어떤데? 다들 왜 말이 없어?!"

김기태가 또 버럭 소리를 질렀다. 작가들이 서둘러 김기태의 책상 위로 노트북들을 일렬로 펼쳐놓았다.

[무모한 형제들 트로트 특집 2회는 송지유의 독무대!?]

[무모한 형제들 또 대형 신인 탄생시키나?]

[미친 예능, 미친 음색, 미친 미모. 송지유 3박자 다 갖췄다!]

[송지유 논란 있었던 가창력 증명! 아련한 음색과 음악성이 빛을 발해]

[무모한 형제들 트로트 특집 '도전! 트로트 가수' 2회 전국 평균 시청률 25% 기록. 최고 시청률이었던 작년 여름 가요제와 동률 기록! 마지막 3회분에서 기록 뛰어넘나?]

이렇듯 포털 기사는 물론이고 대형 커뮤니티에서도 송지유가 화제의 중심에 놓여 있었다. 무모한 형제들의 2회에서 송지유가 나왔던 여러 장면들이 캡처가 되어 돌아다니고 있었다. 정훈민이 송지유와 캠퍼스를 거닐던 장면은 물론이고, 특히 화려한 무대 위에 올라 노래를 부르는 송지유의 장면이 중점적으로 캡처가 되어 있었다. 그뿐만이 아니었다. 송지유가 불렀던 월량대표아적심이 따로 편집이 되어 포털은 물론이고 커뮤니티마다 엄청난 조회 수를 기록하고 있었다.

"언니 진짜 예쁘지 않아요? 실물도 예뻤는데 화면에서는 더 예쁘게 나오는 것 같아요."

"그러니까. 코디는 또 누구래? 센스 좀 봐."

작가들이 뒤에서 수군거렸다. 커뮤니티마다 올라와 있는 송지유는 같은 여자가 봐도 감탄이 나올 정도였다.

"다들 조용히 안 할 거야?! 지금 불난 집에 부채질하냐?!"

김기태의 얼굴이 홍당무처럼 벌게졌다. 지난 일요일 저녁 6시 '발굴! 뉴 스타!'의 첫 방송이 이루어졌다. 6~8% 정도의 시청률을 예상했던 예능국의 기대와 달리 시청률은 4.4%에 그치고 말았다. 그러던 찰나 이진이가 이적한 무모한 형제들의 특집 프로젝트는 시청률 고공 행진을 기록하고 있었다. 심지어 화제의 중심에는 송지유가 서 있었다.

갑자기 배알이 꼴리고 부아가 치밀었다.

"말도 없이 다른 팀으로 이적을 한 것도 열받는데 송지유까지 가로채?"

김기태의 말에 작가들이 황당한 얼굴들을 했다.

"진이 선배가 무형으로 간다고 했을 때 피디님도 말리지 않으셨잖아요? 그리고 진이 선배가 송지유 캐스팅해야 한다고 했을 때 반대한 것도 피디님이신데요?"

"시끄러워! 내가 언제 그랬는데? 증거 있어?! 나이도 어린년이, 너 작가 몇 년 차야? 이제 겨우 몇 달 되지도 않은 게 어디서 함부로 말을 해?!"

김기태의 폭언에 나이 어린 작가가 눈물을 훔치며 밖으로 뛰쳐나갔다. 작가들이 우르르 어린 작가를 따라 회의실을 비웠다. 테이블에 앉아 있던 조연출들이 어쩔 줄을 몰라 했다.

"너! 당장 이진이 데리고 와!"

조연출들이 앞다투어 회의실을 빠져나갔다. 넓은 회의실에 홀로 남은 김기태가 애꿎은 책상을 발로 찼다.

*　　　*　　　*

"자! 시청률 25%를 축하하며 건배!"

이승훈이 선창을 하고 뒤따라 제작진과 스탭들, 출연자들이 입을 모았다. 이리저리 폭탄주가 오고 갔다. 현우 역시 폭탄주가 담긴 맥주잔을 그대로 들이켰다. 잔이 비워지자 이번에는 메인 피디 이준영이 일어났다.

"뭐 다들 고생하셨고, 비공식적이기는 하지만 여름 가요제가 기록한 시청률 25.2%를 오늘 뛰어넘었습니다. 오늘 시청률은 정확히 25.7%입니다."

여기저기서 환호성이 터졌다. 이준영이 손을 들어 보이며 다시 말을 이어갔다.

"여기 계신 분들 모두 수고하셨고, 특별히 훈민이 형 수고했

어요. 드디어 빛을 보네. 아, 그리고 이진이 작가랑 송지유 씨
도 수고하셨습니다."

"야! 수고만 했냐? 지유 지금 난리 났어! 너 일부러 모른 척
하는 거냐? 지유 내 파트너라고! 신경 좀 써줘라. 엉?"

정훈민이 자리에서 일어나 이준영의 목에 팔을 걸며 타박
을 했다.

"아! 형 벌써 취했어?"

"아니, 내가 섭섭해서 그러지, 준영아!"

"뭐 아무튼 축하해요, 그럼."

이준영이 담뱃갑을 꺼내 들며 현우와 송지유에게 축하를
건넸다. 그러고는 고기집 밖으로 나갔다.

"현우랑 지유가 이해 좀 해라. 저 자식 저거 친해지기 어려
워서 그렇지 친해지면 좋은 놈이거든?"

"알고 있습니다, 형님."

"알고 있다고?"

정훈민이 물었다. 현우는 잘 익은 소고기를 송지유의 접시
에 올려놓으며 입을 열었다.

"아까 작가님한테 들었어요. 지유 마지막 순서로 꽂아 넣은
거 피디님 지시였다던데요?"

"정말이냐?"

정훈민이 이번에는 이진이에게 물었다. 이진이가 고개를 끄

덕였다.

"네. 오빠만 몰랐나 보네요?"

"그, 그래? 그럼 한 잔 해! 한 잔 해!"

정훈민이 민망함에 현우의 맥주잔으로 술을 채워주려 했다. 그런데 송지유가 맥주잔으로 탄산음료를 가득 부었다.

"아니, 이거 뭐야? 현우가 술 마시는 것도 너한테 허락받아야 하냐?"

"네."

"뭐?"

송지유의 태연한 표정과 대답에 정훈민은 어이가 없었다.

"현우랑 한 잔만 할게."

"안 돼요. 이미 많이 마셨어요. 훈민 선배님처럼 마시면 우리 오빠 죽어요."

"죽긴 뭘 죽어? 현우가 나보다 술 더 잘 마시는데."

"그래도 안 돼요."

송지유는 단호했다. 결국 정훈민이 포기할 수밖에 없었다. 정훈민이 현우의 어깨를 툭 치며 조용히 속삭였다.

"너 조심해라."

"예?"

"집착이 장난이 아니라고. 결혼할 때 지유한테 허락을 받아야 할 수도 있어."

"설마요?"

현우는 그냥 픽 웃고 말았다.

"오빠도 좀 먹어요."

송지유가 현우의 빈 접시로 고기 몇 조각을 올려놓았다. 현우가 고맙다고 말을 하려는 찰나, 고기집 안으로 조연출 몇 명이 뛰어 들어왔다.

"뉴 스타 팀이 여긴 무슨 일이야?"

이승훈이 조연출 한 명에게 물었다.

"저… 승훈 선배. 저희 좀 도와주세요. 여기 이진이 작가님 계시죠?"

"계시지. 무슨 일인데?"

"김기태 선배가 급히 작가님 좀 데려오래요."

조연출이 울상을 했다. 김기태라는 이름 석 자에 현우의 얼굴이 굳었다. 이진이 작가가 일어나려는 것을 현우가 막았다.

"현우 씨?"

"제가 처리하죠."

현우가 조연출들의 앞으로 섰다.

"무슨 일이시죠? 이진이 작가님을 찾는 이유가 뭡니까?"

"그때 그 송지유 씨 매니저님이시죠?"

"네. 맞습니다만."

"하아. 잘됐네요. 저희 좀 살려주세요, 매니저님."

조연출들이 갑자기 현우에게 매달리기 시작했다.

"무슨 일입니까? 일단 자초지종을 말해야 알 것 아닙니까?"

상황이 그려졌지만 현우는 일단 조연출에게 묻기로 했다.

"…그게 말이죠."

"조용히들 해. 이제 내가 말하지."

그때 조연출의 말을 자르고 김기태가 식당 안으로 들어섰다. 현우를 발견한 김기태가 씩 입꼬리를 올렸다.

"현우 씨라고 했었나? 잘 지냈죠?"

"네. 피디님 덕분에 잘 지내고 있습니다."

"지유 양은 잘 지내고? 오늘 방송 나가고 반응이 장난이 아니던데 축하해요."

"감사합니다."

말은 그렇게 했지만 현우는 전혀 고마운 표정이 아니었다. 김기태의 얼굴이 순간적으로 일그러졌다가 펴졌다.

"선배님, 여긴 무슨 일로 오셨어요?"

심상치 않은 분위기에 이승훈이 현우의 앞을 가로막았다.

"넌 잠깐 빠져. 매니저님이랑 이야기 중이잖아."

김기태가 이승훈을 옆으로 쓱 밀었다. 이승훈이 뭐라 말을 하려다 결국 그만두었다. 무려 16년 위인 선배였다.

"연락이 끊겨서 섭섭했었는데 잘됐네. 지유 양, 우리 프로 출연하는 걸로 합시다."

"선배! 이건 아니죠! 아무리 선배님이지만 너무하시는 거 아닙니까?"

이승훈이 결국 조금 언성을 높였다.

"이 자식이 진짜?!"

김기태가 손을 들려 했다. 하지만 그 전에 현우가 이승훈을 뒤로 숨겼다.

"출연 제의는 감사하지만 거절하겠습니다."

"거, 거절? 지금 거절이라고?"

김기태의 얼굴로 균열이 갔다.

"어차피 무형도 다음 방송이면 끝나는 거 아니야? 그럼 스케줄도 없을 텐데? 매니저님, 이러지 맙시다. 프로그램 새로 들어가서 정신이 없어서 그랬지, 다시 연락하려고 했다니까? 우리 프로 출연합시다. 내가 메인으로 밀어줄 테니까."

"그래요?"

현우가 픽 웃어버렸다. 영세 기획사라며 눈길 한번 주지 않고 파리 내쫓듯 쫓아버렸던 일은 다 잊은 모양이었다.

"이진이 저게 또 무슨 헛소리를 한 건지는 몰라도 나를 믿어요. MBS에서는 내가 힘이 좀 있어요. 힘 닿는 데까지 도와줄 테니 서로 윈윈 합시다. 응?"

"지금 장난하시는 거예요?"

보다 못한 이진이가 나섰다.

"배신자 너는 빠져!"

"제가 왜 배신자예요? 지유 씨 캐스팅 목록에서 매몰차게 빼버린 건 피디님이셨잖아요? 그래 놓고 무형으로 뜨니까 이제 욕심이 나는 건가요? 그만 좀 하세요! 후배들 보기에 부끄럽지도 않으세요?!"

"이게 진짜!? 너만 잘났어?! 작가 년이 감히 어딜 기어올라?!"

김기태가 높이 손을 들어 따귀를 때리려 했다. 이진이가 질끈 두 눈을 감았다. 하지만 현우가 먼저였다.

"이거 안 놔? 매니저 새끼가 미쳤어? 무형으로 떴다고 기고만장하지 아주? 내가 다시 묻히게 해줘?!"

김기태는 이미 이성을 상실한 상태였다.

"적당히 하시죠. 그리고 무형이 끝나도 앞으로 계속 쭉 바쁠 것 같습니다. 그래서 피디님 프로에는 영영 출연 못 할 것 같습니다. 죄송해서 어쩌죠?"

"……."

김기태의 눈썹이 파르르 떨렸다. 새파랗게 젊은 놈이 자신을 비꼬며 웃음거리로 만들고 있었다.

"이 새끼가! 나를 가지고 놀아?! 그래, 마음대로 해봐! 너랑 송지유, 이진이 너희 셋 내가 가만두지 않을 테니까 두고 봐라!"

"네. 그럼 살펴 가시길."

현우가 김기태의 손목을 놓아주었다. 김기태가 미련 없이 몸을 돌렸다. 그런데 이준영이 팔짱을 낀 채로 식당 입구를 가로막고 있었다.

"비켜! 이 새끼야! 선배 앞을 가로막아?"

이준영이 피식 비웃었다.

"비웃어?!"

"그래. 이 버러지 같은 새끼야."

"뭐, 뭐라고?"

김기태가 멍한 표정을 했다. 예능국에서 괴짜로 유명한 이준영이었지만 그동안 나름 깍듯한 후배였다.

"이건 뭐 병신도 아니고 지금 내 구역에서 뭔 지랄을 하고 있냐? 감히 내 식구들한테 손을 대? 옷 벗고 싶냐? 이 개새끼야!?"

"이준영이, 너 말 다했어?! 내가 누군지 몰라!? 정신 나갔어?!"

"정신 안 나갔다! 이 낙하산 새끼야! 능력이 없으면 눈치라도 있어야지, 네 잘난 국장 형이 언제까지 네 똥 닦아줄 것 같아? 또 형한테 일러봐. 그럼 내가 옷 벗고 종편으로 가든지 외주로 가든지 할 테니까. 이래도 잘난 형이 네 편 들어줄 것 같아?! 먹을 만큼 처먹었으면 나잇값을 해. 꼰대같이 지랄 좀 떨지 말고. 알았냐?!"

"······."

김기태의 얼굴이 하얗게 질려 있었다. MBS에서 이준영의 위상은 절대적이었다.

막말로 이준영이 마음먹고 방송국을 나오면 백지수표를 들고 찾아올 곳이 한두 군데가 아니었다.

"말귀 알아 들었으면 당장 꺼져."

"······."

결국 김기태가 꼬리를 내리고 사라졌다. 한바탕 소란이 일었던지라 회식 자리 분위기는 개판이 되어 있었다.

이준영이 한숨을 푹 내쉬며 현우에게로 다가갔다.

"후우. 미안합니다. 김기태 저 새끼가 나보다 더한 꼴통이란 말이죠."

"괜찮습니다. 피디님이 시기적절하게 등장해 주셨는데요?"

그렇게 말하곤 현우는 웃었다. 이준영도 그런 현우를 따라 웃었다.

"지금 웃는 겁니까? 이거 매니저님도 만만치 않은 꼴통이네. 아무튼 내가 오기 전까지 우리 식구들 지켜줘서 고마워요. 보답은 따로 하죠."

이준영이 현우의 어깨를 툭툭 쳤다. 그러고는 소리를 질렀다.

"다들 뭐 해?! 고기랑 술 더 시켜!"

"아이고! 잘 오셨습니다! 무모한 형제들은 잘 봤습니다. 아주 재밌던데요? 하하!"

굿 게임 TV의 본사 앞. 김도훈 본부장이 직접 나와 현우와 송지유를 격하게 반기고 있었다. 심지어 직원들까지 업무를 멈추고 마중을 나와 있었다.

"바쁘실 텐데 마중까지 나와주시고 정말 감사드립니다."

"감사합니다."

현우와 송지유가 동시에 인사를 했다. 흘깃 훔쳐보고 있던 직원들이 송지유의 청아한 음성에 결국 비명을 질러댔다.

"하하. 기념으로 지유 씨랑 사진 한 장 남겨도 되겠습니까, 매니저님?"

"물론입니다."

본부장과 직원들이 송지유와 함께 단체 사진을 찍었다. 물론 사진사는 현우였다.

본부장은 회사 로비까지 친히 현우와 송지유를 안내해 주었다. 3층 스튜디오로 들어서니 이미 스튜디오 안으로 촬영 세트가 완벽하게 준비되어 있었다.

"조금 늦었습니다. 피디님."

본부장과 직원들을 만나 사진까지 찍다 보니 몇 분 정도 대기 시간이 오버되고 말았다.

"오셨습니까?!"

현우와 송지유를 발견한 권용훈의 표정은 더없이 밝았다. 저번 미팅 때 보았던 작가들이나 스탭들도 우르르 몰려와 밝은 표정을 하고 있었다. 환대는 고마웠지만 분위기가 이상했다. 다들 정신적으로 피곤한 기색들이 역력했다.

　　'직원들 데리고 본부장까지 마중을 나오지를 않나, 대체 왜들 이러는 거야? 뭐야? 설마 출연 계약을 깰까 봐 그랬던 거야?'

　　현우는 어이가 없었다. 방송계에서는 흔히 있는 일이었지만 엄밀히 따지면 서로 간의 신의를 저버리는 일이다.

　　"휴우. 이제 발 뻗고 잘 수 있겠습니다, 매니저님."

　　권용훈의 한숨과 더불어 현우는 그저 단순한 추측이 아니었음을 깨달았다. 현우가 미소를 머금었다. 당분간은 함께 갈 사람들이었다. 확실한 믿음을 줘야 송지유에게 하나라도 더 이득이 갈 것이다.

　　"하하. 괜한 걱정들을 하셨네요. 출연 계약도 계약은 계약이죠. 설마 저랑 지유랑 야반도주라도 할까 걱정하셨던 겁니까?"

　　"그게… 솔직히 말하면 걱정을 좀 했습니다. 미팅을 하고 이 짧은 시간에 지유 씨가 이렇게까지 뜰 줄은 몰랐으니까요. 무모한 형제들에 출연을 한다는 매니저님 연락을 처음에는 아무도 안 믿었다니까요? 그런데 진짜로 TV 화면에 떡하니 나오는데… 놀란 건 둘째 치고 혹시나 하는 걱정이 되더군요."

"그럼 이제 걱정들은 접어두시면 될 것 같네요. 촬영 언제부터 시작합니까?"

"바로 들어갈 수 있습니다. 따로 시간 좀 드릴까요?"

"아닙니다. 우리 지유가 그동안 저랑 게임 공부를 좀 많이 했거든요. 아마 놀라실 겁니다."

"그럼 바로 가죠! 자! 다들 녹화 들어간다! 준비해!"

현우의 자신감에 세트장 분위기가 단번에 환기되었다. 마지막으로 현우는 송지유를 바라보았다.

"잘하고 와. 알았지?"

본격적으로 촬영이 시작되었다. '나에게 게임을 알려줘!'라는 프로그램 제목과 걸맞게 게임 차트를 소개하는 부분부터 촬영이 들어갔다. 송지유는 능숙하게 게임 차트를 소개했다. 그리고 송지유가 따로 준비된 세트로 옮겨 게임을 시작했다.

송지유가 플레이할 게임은 요 근래 크게 인기를 끌고 있는 FPS 게임이었다. 온라인 플레이가 시작되었다. 무모한 형제들을 촬영하는 내내 시간이 날 때마다 현우와 함께 근처 PC방을 찾았던 송지유였다. 게임 속 송지유의 캐릭터가 상대방 플레이어들을 하나둘 바닥으로 눕혔다.

"와아. 게임 잘한다!"

작가 한 명이 탄성을 내질렀다. 송지유의 게임 플레이를 지켜보고 있는 권용훈의 얼굴에서는 웃음이 떠나지 않았다. 단순히 게임을 이해하고 있는 정도가 아니었다. 송지유는 게임을 잘했다. 송지유의 타고난 게임 실력 덕분에 4시간 정도로 잡았던 녹화 시간이 2시간 20분 선에서 마무리되었다.

"수고하셨습니다!"

조연출의 외침과 함께 녹화가 종료되었다. 스튜디오에서 걸어 나오는 송지유를 향해 제작진의 박수가 쏟아졌다.

권용훈의 얼굴이 붉게 상기되어 있었다. 게임 방송사의 피디이긴 했지만 엄연히 그도 프로듀서였다. 송지유는 시청률을 보장해 줄 흥행 수표였다. 잘만 하면 게임 방송사들이 꿈으로만 여기고 있는 시청률 1%를 달성할 수도 있을 것이라는 생각이 들었다.

"매니저님, 잠깐 시간 좀 내주실 수 있습니까? 긴히 의논할 게 있습니다."

"당연히 시간 내드려야죠. 말씀하세요."

"제가 생각했던 것보다 지유 씨가 게임을 잘하더군요. 그래서 말인데 음……."

"괜찮습니다. 말씀해 보세요."

"다음 촬영 때부터 프로그램의 포맷을 조금 바꾸려고 합니다. 아예 지유 씨가 시청자들이랑 함께 게임을 플레이하는 겁니다. 게임 차트 소개는 빼버릴 겁니다."

현우의 예상대로였다. 게임 방송사에서 일하는 사람들답게 방금 전 송지유가 게임을 할 때 묘한 표정들을 지었다. 뭐랄까, 페르소나를 발견한 것 같은 표정들을 하고 있었다. 그리고 현우가 생각하기에도 게임 차트를 소개하는 데 시간을 낭비하느니 차라리 송지유가 게임을 플레이하는 부분이 더욱 재미가 있을 것 같았다.

"좋습니다. 피디님 계획대로 가죠."

"정말입니까?"

"대신 생방송은 어떨까요?"

현우의 제안에 스튜디오 안에 있는 모든 사람들이 얼어붙었다.

"생, 생방 말입니까?"

"네. 시청자 참여를 생각해 보면 생방송이 더 좋을 것 같은데요? 실시간으로 게임도 할 수 있고 시청자들 반응도 즉시 볼 수 있으니 말입니다. 저도 어렸을 적에는 게임 방송을 자주 봤거든요. 근데 녹화 방송은 아무래도 좀 꺼려지더군요. 음. 이미 엔딩을 본 게임 같은 느낌이라고나 할까요? 아무튼요."

"확실히 그렇기는 합니다만, 그럼 지유 씨는 생방 진행이… 가능합니까?"

현우는 대답 대신 송지유를 쓱 쳐다보았다.

"할 수 있겠어?"

"네. 할 수 있어요. 재미있을 것 같아요."

별일 아니라는 듯 차분하게 대답하는 송지유의 반응에 스튜디오는 또 한 번 얼어붙었다. 권용훈의 구겨진 이마가 쫙 펴졌다.

"좋습니다! 생방으로 해봅시다! 시청률 1%도 넘어봅시다!"

"하하! 잘 생각하셨습니다, 피디님."

웃고 있는 두 사람과 달리 여기저기서 제작진들의 탄성과 탄식이 엇갈렸다. 하지만 현우는 개의치 않았다.

'발굴! 뉴 스타!'의 출연이 불발되고 차선으로 선택하게 된 게임 방송이었다. 하나 이미 발을 들여놓은 이상 송지유를 대충대충 프로그램에 출연시킬 생각은 전혀 없었다.

송지유가 출연하는 프로그램 하나하나가 곧 그녀의 커리어로 남게 된다. 송지유는 현우의 첫 연예인이었다. 너무 작아 눈에 띄지 않는 오점이라고 해도 현우는 용납할 수 없었다.

'기왕 시작한 거면 끝을 봐야 하지 않겠어?'

*   *   *

드르륵. 드르륵. 계속해서 핸드폰이 울렸다. 무모한 형제들 2회 차가 방송된 이후로 가장 바빠진 것은 현우의 핸드폰이었다. 마침 신호가 걸려 현우는 핸드폰을 확인해 보았다.

"누구예요?"

"모르는 번호. 아마 기자일 거야."

기자들은 정말로 집요했다. 트로트 특집이 끝난 이후에나 인터뷰가 가능하다고 정중하게 단체 답장을 보냈지만 소용이 없었다. 심지어 핸드폰 번호까지 바꿔서 연락이 왔다. 혹시나 현우가 받을까 해서였다.

"계속 안 받아도 돼요?"

"괜찮아. 피디님도 인터뷰는 자제해 달라고 했잖아."

아직 특집 프로젝트의 대미인 마지막 3회 차가 남아 있었다. 그 전까지는 최대한 언론사를 피해달라는 이준영의 주문이 있었다.

흘깃 창밖을 보니 횡단보도에 서 있던 사람들이 핸드폰을 들고 사진을 찍고 있었다. 송지유만큼이나 유명해진 것이 또 있었는데 바로 어울림의 초록색 봉고차였다. 하교 시간이었는지 중고등학생들도 꽤 보였다.

"지유야, 창문 내리고 손 흔들어줘."

"네."

현우가 창문을 내려주었다. 송지유가 사람들을 향해 손을 흔들자 환호성이 쏟아졌다. 그러다 신호가 바뀌었다. 열렬히

응원을 해주는 사람들을 향해 마지막까지 송지유는 열심히 손을 흔들어주었다.

"어때? 좀 실감이 나?"

"아직은 모르겠어요."

"하긴 나도 얼떨떨하다."

"앞으로도 절 좋아할까요?"

현우는 옆 좌석에 앉아 골똘히 생각에 잠겨 있는 송지유를 바라보았다.

"초심을 잃지 마. 그러면 앞으로 더 많은 사람들이 널 좋아하게 될 거야."

"그런데… 제가 변할까 봐 두려워요."

"걱정 마. 네 옆에는 내가 있으니깐."

"제가 변하지 않도록 오빠가 지켜줄 거죠?"

현우가 대답 대신 손가락으로 송지유의 이마에 딱밤을 때렸다.

"아얏. 왜 때려요?"

송지유가 현우를 흘겨보았다. 현우가 픽 웃었다.

"이제 겨우 20살짜리가 뭔 고민이 그렇게 많아? 그냥 우리는 지금 이 상황을 즐기기만 하면 되는 거야. 지유 너는 아무런 걱정도 하지 마. 힘들고 고된 일들은 내가 다 처리해 줄 테니까. 그러니까 쓸데없는 걱정은 하지도 마. 알았어?"

"알았어요. 그리고… 고마워요, 오빠."

생각이 많아 보였던 송지유의 얼굴이 한결 편해졌다.

"그래그래. 그러니까 잠깐 눈이나 붙여."

"네."

송지유가 조용히 두 눈을 감았다. 첫 녹화가 피곤했는지 송지유는 금방 잠이 들었다. 회사로 돌아가면 곧바로 무모한 형제들의 촬영이 기다리고 있었다. 현우는 혹여나 송지유가 깰까 조심조심 봉고차를 몰았다. 그러다 또 신호가 걸렸다.

자그맣게 라디오를 틀고 현우는 건너편 횡단보도를 쳐다보았다. 몇몇 어르신들을 제외하곤 한산했다. 그러다 현우의 시선이 지하철 출구로 향했다. 남색 교복을 입은 여학생 하나가 분주하게 출구를 향해 달려오고 있었다.

'중학생이야? 고등학생이야?'

아담한 체구 때문에 애매했다. 가까이에서 본 여학생은 상당히 특이했다. 허리까지 내려오는 곱슬머리에 검정 뿔테 안경을 쓰고 있었다. 안경이 얼마나 큰지 얼굴이 제대로 보이지도 않을 정도였다.

'공부 엄청 잘하겠는데.'

현우가 생각에 잠겨 있는 사이 모범생 소녀가 엉성한 스텝을 밟으며 넘어지고 말았다.

"아앗!"

대 자로 자빠진 꼴이 너무나 우스꽝스러워 현우는 피식 웃고 말았다. 그때 갑자기 현우의 시야가 흐려졌다.

"뭐, 뭐야 또?"

당황스러웠다. 다시 시야가 돌아왔지만 당황스럽기는 마찬가지였다. 자리를 털고 일어난 모범생 소녀가 황금빛 기운에 휩싸여 있었다. 얼마 전 송지유에게서 보았던 현상이 또 똑같이 벌어지고 있었다.

순간 현우는 정신이 번쩍 들었다. 급히 안전벨트를 풀고 운전석에서 내렸다. 하지만 이미 소녀는 지하철 안으로 사라진 후였다.

"하아."

안타까움에 현우는 괜스레 바닥을 걷어찼다. 그사이 신호가 바뀌고 있었다. 현우는 몇 번이나 뒤를 돌아보다 급히 운전석으로 올라탔다. 다행히 송지유는 새근새근 잠이 들어 있었다.

회사로 돌아가는 길 내내 현우는 아쉬운 마음이 컸다.

'대체 누구였지? 설마하니 이런 곳에서 그런 아이를 만나게 될 줄은 꿈에도 몰랐는데 말이야. 젠장! 젠장!'

자꾸만 한숨이 나왔다. 그나마 다행인 것은 모범생 소녀가 어디서든 눈에 띄는 스타일이라는 점이었다. 또 교복도 알아 놓았으니 굳이 찾지 못할 이유는 없었다.

'일단은 무형에 집중하자.'

현우는 애써 아쉬운 마음을 달랬다.

"지유야. 일어나야지?"

현우의 음성에 기다란 속눈썹이 파르르 떨리며 송지유가 두 눈을 떴다.

"벌써 도착했어요?"

"응. 피곤 좀 풀렸어?"

"네. 잘 잤어요."

송지유가 작게 하품을 했다. 봉고차에서 내려 회사 근처를 둘러보니 무모한 형제들의 제작진이 이미 도착해 있었다. 현우와 송지유를 발견한 이진이가 서둘러 다가왔다.

"빨리 왔네요? 녹화는 잘하고 왔어요?"

"물론이죠. 근데… 오늘은 사람들이 좀 많은데요?"

"지유 씨가 핫 하니까 그만큼 기대가 큰 거죠. 아, 저기 마침 오네요."

현우의 시선이 뒤늦게 도착한 제작진 차량으로 향했다. 문이 열리고 메인 피디 이준영이 모습을 드러냈다.

"피디님까지 직접 오신 겁니까? 조윤지 씨 쪽은요?"

"승훈 씨가 갔으니까 별문제는 없을 거예요. 솔직히 기분은 좋지 않겠지만요."

이진이가 작게 웃었다. 그사이 이준영이 현우와 송지유를 발견하곤 작가들과 함께 다가왔다.

"매니저님. 바로 촬영 가능합니까? 찍을 게 많아서요."

이준영이 단도직입적으로 물었다.

"가능합니다. 10분만 주세요. 지유 메이크업이랑 머리 좀 손 보겠습니다."

"기다리겠습니다."

현우는 급히 송지유를 데리고 회사로 들어갔다.

"어, 어울림입니다! 어서 오세요! 아, 현우 씨였네."

미스 최가 잔뜩 얼어 있다 현우를 발견하곤 긴장을 풀었다. 얼떨결에 방송에 출연하게 된 추향이나 김정호, 오승석도 긴장을 하고 있기는 마찬가지였다.

현우가 씩 웃으며 입을 열었다.

"VJ분들이 자연스럽게 찍어줄 거니까 긴장하실 거 없습니다. 그냥 평소대로 하세요. 마음 편하게 말입니다."

"으아! 늦어서 죄송해요! 수업이 늦게 끝나는 바람에!"

김은정이 소란을 떨며 나타났다.

"은정아. 시간 별로 없으니까 지유 좀 빨리 봐줘."

"네!"

촬영 현장을 파악하기 위해 현우는 회사 건물을 나섰다. 그사이 제작진들은 촬영 준비를 끝내가고 있었다. VJ들이 무려 여섯 명이나 있었고, 작가들을 포함해 스탭들과 제작진들까지 합치면 무려 스무 명이 넘는 대인원이 어울림 앞에서 진을 치고 있었다. 그리고 그 중심에는 이준영이 있었다.

'제작진이 작정을 한 모양인데.'

기분이 묘했다. 처음 캐스팅이 됐을 때만 해도 송지유의 비중은 극히 적었다.

메인 피디 이준영이 대놓고 그렇게 말했다. 하지만 2회 차가 방송이 된 이후부터 송지유의 위상은 급격히 달라졌다. 당장 포털이나 커뮤니티들을 돌아다녀도 송지유에 관한 글과 사진들을 손쉽게 발견할 수 있었다.

'인기라는 게 이렇게나 무서운 거구나.'

연예인의 신분은 인기에 의해 결정된다는 말이 오늘따라 더욱 실감이 났다.

5분도 지나지 않아 송지유가 김은정과 함께 모습을 드러내었다. 때마침 정훈민이 촬영 현장에 도착해 곧바로 촬영이 시작되었다.

정훈민이 송지유와 티격태격하며 어울림의 1층으로 들어섰다. 미스 최도 방송을 탔고, 그녀가 타주는 전형적인 다방 커피에 몇몇 작가들이 눈을 빛냈다.

그뿐만이 아니었다. 이준영이 제작진들에게 따로 지시를 내려 어울림을 심도 있게 카메라에 담았다. 제작진은 추향과 김정호뿐만 아니라 오승석도 자세하게 다루었다. 따로 인터뷰까지 딸 정도였으니 말이다.

'꼭 휴먼 다큐멘터리를 찍는 것 같단 말이야.'

이상했다. 분명 곡 선정을 하고 그 곡을 연습하는 장면을 담아야 했는데, 촬영이 시작되고 두 시간이나 흘렀건만 아직 본론은 나오지도 않은 상황이었다.

잠깐 촬영을 끊고 휴식 시간이 주어졌다. 멀찍이서 이를 지켜보던 현우가 이진이 쪽을 바라보았다.

"작가님, 뭐 하나 물어도 되겠습니까?"

"뭔데요?"

"왠지 느낌이 다큐를 찍는 것 같은데요. 맞습니까?"

"잘 보셨네요. 맞아요. 혹시 예능인데 재미가 떨어질까 걱정하는 건가요?"

"뭐 그렇죠. 분위기가 너무 진지해서 말입니다."

"호호. 걱정 마세요. 어울림이라는 회사 자체가 너무 매력적이라서 그랬어요. 요즘 시대에 어울림은 좀 특이한 기획사잖아요. 그래서 하는 말인데 사실 현우 씨도 출연을 해야 할 것 같아요. 현우 씨나 다른 분들께 미리 말 못 해서 미안해요."

"제가 출연을 해야 한다고요?"

현우가 눈살을 찌푸렸다. 하지만 이진이나 제작진은 이미 작정을 하고 온 듯했다. 특히 현우를 바라보고 있는 이준영이 심상치 않은 표정을 하고 있었다.

"드라마 같잖아요. 대학교를 막 졸업한 청년이 아버지의 작은 기획사에서 일을 시작했다. 그리고 송지유라는 가수를 발굴하고 무모한 형제들에 출연까지 하게 되었다. 그리고 결국 그 청년은 20살의 소녀 가수를 화제의 중심에 올려놓는 데 성공을 했다. 어때요? 잘 생각해 보세요. 시청자들이 보기에 얼마나 감동적일까요? 이 정도면 거의 영화 시나리오예요."

"하아. 이거 제가 완전히 속았는데요?"

현우가 쓰게 웃었다. 메인 피디 이준영이 친히 이곳까지 찾아온 이유가 있었다. 송지유와 어울림이라는 소재를 가지고 제작진은 예능에 휴먼 다큐까지 집어넣고 있었다.

"어때요?"

"어떻기는요? 지유랑 회사에 득이 되는 건데 당연히 출연해야죠."

현우가 흔쾌히 승낙을 했다.

"지금도 괜찮긴 한데 은정 씨한테 손 좀 봐달라고 하세요."

"꼭 그래야 합니까? 지금도 나쁘지는 않은 것 같습니다만."

"멀쩡한 훈남을 흔남으로 내보낼 수는 없잖아요. 훈남에 대한 예의 몰라요?"

이진이가 활짝 웃으며 말했다. 결국 현우가 꼬리를 내렸다. 김은정이 적당하게 현우를 꾸며주었고, 졸지에 제작진과 인터뷰를 찍었다. 그뿐만이 아니었다. 곡 선정 작업까지 현우가 함

께하며 김정호를 도왔다. 추향이 정훈민의 목 상태와 음정을
봐주는 장면에서도 현우가 함께했다.

현우와 정훈민이 친분이 있다는 것을 알고 있던 이진이가
또 손을 쓴 것이었다. 세 사람이 보여주고 있는 호흡이 보통이
아니었던지라 제작진도 웃음을 참아가며 촬영을 진행해야 할
정도였다.

무려 7시간이 걸려서야 송지유와 정훈민의 촬영이 끝이 났
다. 다들 지친 기색들이 역력했다. 하지만 현우는 피곤하다는
생각이 전혀 들지 않았다. 7시간 동안 고생했던 것들이 편집
되어 방송으로 나왔을 때의 파급력을 어느 정도 예상하고 있
었기 때문이다.

"피디님, 작가님. 오늘 고생하셨습니다. 제작진 여러분들도
고생하셨습니다."

현우가 정중하게 고개를 숙여 보였다.

"오늘 회식은 제가 쏘겠습니다. 회사 근처에 단골 삼겹살 가
게가 있거든요."

현우의 말에 송지유와 김은정이 두 눈을 크게 떴다. 제작진
의 숫자만 20명이 넘었다. 거기다가 어울림의 식구들까지 있
었다.

송지유가 급히 현우의 귀로 속삭이기 시작했다.

"우리 돈 있어요?"

"오빠! 우리 거지잖아요?"

김은정까지 현우를 압박해 왔다. 현우가 씁쓸하게 웃었다. 사실 활동 자금은 200만 원이 조금 넘게 남아 있는 수준이었다.

"오늘 촬영은 피디님이랑 작가님이 특별히 신경을 쓰셨어. 이 정도는 우리도 대접을 해야지. 돈이 아깝긴 하지만 사람보다 아깝지는 않아."

"진짜냐?"

어느새 나타난 정훈민이 현우의 어깨에 팔을 둘렀다.

"그걸 또 들었어요?"

송지유가 타박을 했지만 익숙해진 정훈민은 별로 개의치 않았다.

"넌 나이도 어린 녀석이 이럴 때 보면 애늙은이 같아. 돈보다 사람이 중요하다. 좋은 말이네. 그런 의미에서 내가 쏜다. 나도 돈보다 사람이 중요하거든."

억지 아닌 억지를 부려 결국 회식비는 정훈민이 내기로 했다.

*　　　　*　　　　*

저녁 겸 회식이 끝나고 제작진들이 슬슬 떠날 준비를 했다. 제작진 차량으로 올라타는 이준영의 앞으로 현우가 나타났다.

"무슨 일입니까?"

"피디님. 지난번 회식 때 하셨던 말씀 기억하십니까?"

"음."

이준영이 현우를 뚫어져라 쳐다보았다. 현우는 이준영의 시선을 피하지 않았다. 순간 이준영의 눈빛이 달라졌다. 현우가 그 어느 때보다도 진지했기 때문이었다.

"사무실에서 이야기합시다."

이준영이 먼저 회사 건물로 걸음을 옮겼다.

3층 사무실. 현우와 이준영이 서로를 마주한 채로 앉아 있었다.

"음. 말씀하세요."

이준영이 먼저 입을 열었다. 현우는 대답 대신에 노트북을 펴고 음원 파일 하나에 마우스 커서를 올려놓았다.

"종로연가 아닙니까?"

이준영이 물었다.

종로연가는 이번 트로트 특집에 송지유와 정훈민이 듀엣으로 부를 노래로 선곡이 된 상태였다. 선곡 과정에서 만장일치로 OK 사인을 보냈기에 이준영은 현우가 왜 이 음원 파일을 들이미는지 이해가 되지 않았다.

"다른 노래입니다. 일단 들어보시죠."

현우가 음원 파일을 재생시켰다. 전주가 흘러나오기 시작하자 이준영이 눈을 크게 떴다. 그사이 송지유의 청아한 음색이 사무실을 가득 채웠다.

"이 곡 제목이 뭡니까?"

이준영이 진지한 어투로 물었다. 예능 피디이긴 했지만 이준영도 평소 음악을 즐겨 들었고 대중가요에 대한 조예도 깊었다.

하지만 이름을 알 수 없는 이 곡은 지금까지 대중가요를 이끌었던 곡들과는 전혀 다른 수준을 가지고 있었다. 아직까지도 후렴구가 귓가에 머물고 있을 정도였다.

"종로의 봄이라는 곡입니다. 종로연가와는 자매 격인 곡이죠. 피디님께 부탁, 아니, 제안을 하고 싶습니다. 가요제에서 우리 지유가 이 노래를 부르게 해주십시오."

"송지유 씨 데뷔 무대를 가요제에서 하겠다, 이겁니까?"

이준영이 날카롭게 눈을 빛냈다.

"그렇습니다. 우리 지유 데뷔 무대는 가장 빛나는 무대가 어울릴 것 같다는 생각이 들어서 말입니다. 어떻습니까? 거절하셔도 괜찮습니다. 하지만 피디님도 들어보셨다시피 종로의 봄은 분명 크게 대박을 칠 겁니다. 오늘 촬영이 계속되면서 피디님이 무슨 생각을 하고 있는지 알 것 같더군요. 우리 지유 확실히 물건 아닙니까? 그래서 피디님도 오늘 직접 촬영에 참여하신 거구요."

현우가 의미심장한 미소를 지었다.

"종로의 봄이 무형을 통해서 먼저 선보인다면 서로에게 득이 될 겁니다. 우리 지유는 제2의 고리밴드라는 평가를 넘어서 확실한 포지션을 잡을 수 있을 겁니다. 저랑 지유를 도와주신다면 언젠가 제가 꼭 보답을 하겠습니다. 부탁드리겠습니다, 피디님."

"후우."

이준영이 갑자기 한숨을 내쉬다 하하 웃기 시작했다. 현우는 여전히 차분한 표정이었다.

그러다 이준영이 웃음을 뚝 그치고 현우에게로 몸을 숙였다.

"그쪽은 참 무서운 사람이군요. 사실 처음부터 느꼈습니다. 난 놈은 난 놈을 알아보는 법이거든요. 김현우 씨도 나만큼이나 야망이 큰 사람입니다. 그러니 이번 기회를 놓칠 수가 없었겠지. 근데 그거 압니까? 재미있게도 나도 김현우 씨랑 같은 생각이 들더군요. 사실 송지유 씨를 무대 위에 세워서 종로연가를 부르게 할 참이었습니다. 듀엣곡이야 아까 그 작곡가분한테 쥐어짜면 그만이었으니까요. 그런데 마침 김현우 씨가 종로의 봄이라는 곡을 내놓은 겁니다."

"그렇다면 다행인데요?"

"힘닿는 데까지 해보겠습니다, 김현우 씨."

"시청률 30%, 저도 보장해 드리죠. 피디님."

그렇게 말하곤 두 사람이 서로를 보며 피식 웃었다.

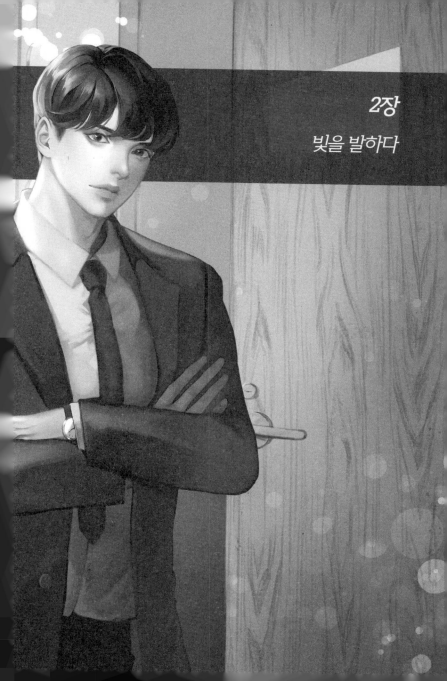

2장
빛을 발하다

　'도전 트로트 가수!' 가요제 당일이 찾아왔다. 현우 일행도
잠실 종합 운동장에 막 도착해 있었다.

　"으아. 졸려요."

　김은정에 이어 송지유도 하품을 머금었다. 새벽 6시부터 회
사에 모여 준비를 했다. 현재 시각은 오전 9시 무렵. 현우는
김은정과 함께 봉고차에서 내려 트렁크를 열어보았다. 리허설
때 입을 옷과 본무대 때 입을 옷, 그리고 솔로 무대에서 입을
옷이 차곡차곡 쌓여 있었다.

　"오셨어요?"

이승훈이 스탭 몇 명을 데리고 현우 일행을 반겨주었다. 현우 일행은 이승훈을 따라 잠실 종합 운동장으로 들어섰다.

넓디넓은 운동장 한복판으로 가요제 무대가 완성이 되어 있었다.

"……."

송지유가 멍한 표정을 지어 보였다. 현우 역시 무대의 스케일에 크게 놀랐다. 1950년대 복고풍의 무대가 완벽하게 구현되어 있었다. 황금빛과 앤티크한 분위기의 무대와 세트는 마치 라스베이거스의 3대 공연 중 하나라 불리는 르 레브 쇼의 무대를 보는 것 같았다.

"제작비가 엄청났을 텐데요?"

현우의 물음에 이승훈이 고개를 끄덕였다.

"많이 썼죠. 가요제 중에서 이번만큼 무대에 신경을 썼던 적이 없어요. 예능국에서도 트로트 특집에 기대가 크거든요. 그래서 말인데요. 매니저님, 이번에 시청률 기록을 깰 수 있을 것 같으세요? 준영이 형도 이번에는 좀 부담이 되는 거 같기도 하고, 저도 기대 반 걱정 반이네요."

"저는 32% 정도 예상하고 있습니다. 어쩌면 그 이상이 될 수도 있을 것 같네요."

"그, 그럴까요?"

이승훈은 현우의 자신감에 놀랐다. 무모한 형제들의 최고 시청률은 여름 가요제 특집이 기록했던 25%였다. 이 기록은 지난 번 트로트 특집 2회 차에서 동률을 기록했다. 기대 이상의 흥행이었지만 예능국과 무형 제작진에서 예상하고 있는 시청률은 28% 정도였다. 그런데 현우는 무려 32%가 넘는 시청률을 예상하고 있었다.

"매니저님 예측이 맞기를 간절히 바라야겠네요. 대기실은 저쪽이고요. 리허설은 30분 정도 더 있다가 시작될 거예요. 미리미리 준비해 두세요."

이승훈이 사라지고 스탭들이 대기실로 안내해 주었다.

김은정이 서둘러 가지고 온 옷들을 보기 좋게 테이블 위로 깔았다.

"갑자기 떨려요."

송지유가 소파로 주저앉았다. 현우가 무릎을 굽혀 송지유와 눈을 마주쳤다.

"청심환 먹을래?"

"안 먹을래요. 노래 부를 때 감정 표현이 힘들어질 것 같아요."

송지유가 애써 고개를 저었다.

"오빠. 저 왜 이러죠? 원래 떠는 성격 아닌데 이상해요."

"긴장하는 건 당연한 거야. 지금까지 제대로 된 무대에 서 본 적이 없었잖아. 그래도 넌 잘할걸? 내가 그랬지? 너 무대체질이라고. 그러니까 내 말만 믿어."

"사기꾼. 말은 진짜 잘해."

"야. 또 그 말이냐."

덕분에 송지유가 웃었다.

시계를 보니 리허설까지 시간이 얼마 남아 있지 않았다. 김은정이 서둘러 송지유를 꾸미기 시작했다. 얼마 가지 않아 노크와 함께 대기실 문이 열렸다.

"어제 스케줄 때문에 좀 늦었다. 일찍들 왔네?"

정훈민이 양손 가득 먹을거리와 커피 트레이를 들고 있었다. 뒤이어 VJ들이 들이닥쳤다. 촬영이 시작되자 긴장감에 멍을 때리고 있던 송지유가 언제 그랬냐는 듯 정훈민이 건네는 농담과 장난들을 맞받아치기 시작했다.

'잘하고 있어.'

현우는 비로소 마음을 놓았다.

정훈민이 대기실로 도착하고 곧장 리허설을 위해 무대로 향했다. 무대 아래로 다른 멤버들과 출연자들이 보였다. 현우는 송지유와 함께 일일이 인사를 했다.

카메라에 둘러싸여 리허설이 시작되었다. 장지석의 멘트와 함께 김민수와 조윤지가 먼저 곡을 선보였다. 두 사람이 선보인 곡은 댄스곡 느낌이 물씬 풍기는 트로트 곡이었다. 그 다음으로는 장지석과 주란미가 곡을 선보였다. 의외로 장지석과 주란미가 선택한 곡은 정통 느낌이 물씬 나는 트로트 곡이었다. 뒤이어 다른 멤버들도 파트너들과 함께 준비해 온 곡을 선보였다. 그리고 마지막으로 송지유와 정훈민의 차례가 다가왔다.

"지유야, 괜찮아?"

"이제 괜찮아졌어요."

앞서 다른 팀들의 리허설 무대를 지켜본 덕분에 송지유의 표정이 한결 자연스러워져 있었다. 송지유가 무대로 올라갔다. 전주가 흘러나오고 정훈민이 먼저 노래를 시작했다. 탁하고 거친 음성이 부드럽고 잔잔한 종로연가와는 어울리지 않았지만 송지유가 입을 떼며 정훈민의 부족한 부분들을 채워 나갔다. 그리고 리허설 무대답게 1절 후렴구가 끝나자마자 마이크가 꺼졌다.

"아! 더 듣고 싶은데요?!"

장지석이 아쉬움을 토했다. 다른 이들도 마찬가지였다. 특히 조윤지나 주란미가 큰 관심을 보였다.

"트로트는 아닌 거 같던데, 노래 제목이 뭐에요?

조윤지가 대뜸 현우에게 다가와 물었다.

"세미 트로트라고 보시면 됩니다. 제목은 종로연가입니다."

"종로연가요? 제목도 좋고 노래도 참 좋네요. 듀엣곡으로 쓰기에는 아까워요. 데뷔곡이었으면 더 좋았을 것 같네요."

"신경 써주셔서 감사합니다."

"아니에요. 후배가 잘되면 저도 좋으니까요. 수고해요. 지유 너도 수고하고."

"네. 선배님."

조윤지가 매니저들과 함께 대기실로 향했다. 처음에는 경계를 하던 조윤지도 이제는 송지유를 인정하고 있었다. 하지만 이보다 더 중요한 것이 있었다. 오늘 가요제의 마지막 무대가 송지유의 데뷔 무대라는 것을 조윤지도 모르고 있다는 사실이었다.

'생각했던 것보다 더 철저한데? 훈민 형님도 모르고 있는 것 같던데, 장지석 정도만 알고 있으려나.'

일 처리가 확실히 깔끔했다. 역시 스타 피디답다는 생각이 들었다. 철저한 보안 덕에 송지유를 위해 준비된 무대라는 생각이 더 강하게 들었다.

"가자. 우리도 이제 좀 쉬어야지."

현우는 송지유와 김은정을 데리고 대기실로 돌아갔다.

*　　　*　　　*

현우는 잠실 종합 운동장의 관객석이 채워지는 광경을 지켜보며 입을 다물지 못했다. 오후 4시부터 시작된 관객 입장이 무려 한 시간이 넘게 걸려서야 종료되었다. 관객 입장이 종료됨과 동시에 수많은 스탭들이 최종적으로 무대를 점검하기 시작했다.

가요제의 시작 시간은 정확히 오후 6시였다. 5시 30분 무렵 대기실로 이준영이 이진이와 함께 나타났다.

"훈민이 형은 잠깐 나가 있어."

"야, 뭐야? 뭐 있어?"

"이따가 알게 될 거니까 일단 좀 나가."

"말해봐, 뭔데?"

심상치 않은 낌새에 정훈민이 호기심을 가졌다. 결국 이진이와 김은정이 정훈민의 양팔을 잡아끌고 대기실 밖으로 나갔다. 대기실엔 세 사람만이 남았다.

"리허설도 못 했는데 잘할 자신 있습니까?"

이준영이 현우와 송지유에게 물었다. 현우는 고개를 끄덕였고, 이준영은 송지유를 주시했다. 순간 팽팽한 분위기가 대기실을 감돌았다.

"마지막 무대에서 송지유 씨가 실수하면 이번 특집 다 날아가는 겁니다. 김현우 씨도 마찬가지일 겁니다. 못 할 거면 못한다고 지금이라도 말해요. 상관없으니까."

이준영이 송지유에게 압박을 가하고 있었다. 주눅이 들만도 했지만 송지유의 얼굴로 조금씩 독기가 어렸다.

"…잘할 자신 있어요, 피디님. 아니, 할 수 있어요. 할게요!"

"하하! 그래요. 그래야지."

팽팽했던 긴장감이 일순간에 해소되었다. 이준영이 입가에 미소를 머금으며 현우를 쳐다보았다. 현우 역시 웃고 있었다.

"감사합니다. 덕분에 우리 지유 원상 복구된 거 같네요."

"긴장감 풀어주는 데는 이만한 게 없죠. 뭐 그건 그렇고 앨범은 언제 발매할 겁니까?"

"내일 본방 나가고 바로 차트에 내놓을 겁니다."

"호오. 좋아요. 그럼 듀엣 무대 준비하시고 조금 이따가 봅시다."

이준영이 대기실을 나섰다. 송지유가 싸늘한 표정으로 현우를 노려보고 있었다.

"가만히 보고만 있어요?"

"피디님 덕분에 긴장 완전히 풀렸잖아? 오히려 고마워해야지."

"몰라요."

"악!"

옆구리에서 느껴지는 고통에 현우가 비명을 질렀다.

드디어 오후 6시 정각과 함께 '도전 트로트 가수!' 가요제가 막을 올렸다. 어두컴컴했던 잠실 종합 운동장의 조명들이 빛을 발하며 관객들이 함성을 질러댔다. 그리고 드러나는 관객들의 숫자에 현우는 말을 잃었다. 어림잡아도 3만 명은 넘어 보였다.

"현우 씨, 대박이에요! 방금 최종 집계 끝났는데 4만 명 넘었대요. 4만 2천 명이래요!"

이진이가 현우의 팔을 붙잡고 방방 뛰기 시작했다. 제작진과 스탭들도 환호성을 내질렀다. 무대 뒤쪽에 마련된 공간이었기에 망정이지 자칫하다간 오디오가 섞일 수 있을 정도로 제작진은 축제 분위기였다.

이준영도 벌겋게 얼굴이 상기되어 있었다. 여름 가요제 때보다 1만 명이나 더 많은 관객들이 관객석을 메웠다. 아직 본방이 나가지는 않았지만 이 정도면 절반의 성공이나 마찬가지였다.

"지석이 형 멘트 치라고 사인 보내! 빨리!"

이준영의 외침에 모니터 화면 속의 장지석이 멘트를 치기 시작했다.

[안녕하십니까! 무형 팬 여러분! 그동안 오래 기다리고 기다렸던 트로트 특집! '도전 트로트 가수!' 가요제를 시작하겠습니다! 첫 무대는 김민수 씨와 조윤지 씨의 무대입니다! 여러분! 박수 주세요!]

엄청난 환호성이 터져 나왔다. 무대 뒤편에 있는데도 귀가 다 아플 정도였다. 곧바로 김민수와 조윤지의 화려하고 신나는 무대가 펼쳐졌다.

"후우."

긴장감에 현우는 가요제를 오롯이 즐길 수 없었다. 주변을 둘러보니 모두가 마찬가지였다. 제작진들이나 스탭들은 혹여나 변수가 생길까 그 어느 때보다도 집중을 하고 있었다. 다행히 별 탈 없이 김민수와 조윤지의 무대가 끝이 났다. 장지석이 두 사람과 간단하게 대화를 주고받았고, 곧 두 번째 무대가 시작되었다. 오남철과 성대식이 무대에 올라 뜨거워진 무대를 더욱 뜨겁게 만들어놓았다.

세 번째 순서로 송지유와 정훈민이 무대에 설 차례가 되었다. 대기실에서 송지유와 정훈민이 급히 모습을 드러내었다.

"다녀올게요."

"잘하고 와라. 지유야."

시간이 촉박했기에 더 길게 대화를 할 수는 없었다. 현우는 무대로 오르고 있는 송지유의 뒷모습을 지켜보았다.

'첫 무대가 중요해.'

종로연가로 관객들의 마음을 훔쳐야 했다. 그래야 마지막 솔로 무대에서 모든 것들을 폭발시킬 수 있다. 현우는 초조한 심정으로 무대 뒤쪽에 설치된 모니터를 뚫어져라 쳐다보았다.

송지유가 모습을 드러내자 관객석은 폭발적인 반응을 보였다. 제작진은 물론이고 현우조차도 놀랄 정도였다.

앞서 달구어놓았던 무대가 종로연가의 전주가 흘러나옴과 동시에 고요함으로 물들어갔다.

정훈민이 먼저 1절을 불렀다. 그러다 리허설 때도 보여주지 않았던 비장의 카드를 꺼내었다. 갑자기 정훈민이 피아노에 앉았다.

와아아! 엄청난 함성이 쏟아졌고, 피아노 연주가 시작되자 점차 잦아들었다. 그때 송지유가 무대의 중앙으로 걸어 나왔다.

청아한 음색이 흘러나와 무대를 넘어 관객석까지 휘감아 버렸다. 제작진도 숨을 죽이고 송지유의 목소리에 귀를 기울였다.

정훈민의 피아노 연주와 어우러진 송지유의 목소리는 정말로 아름다웠다. 송지유의 음색은 듣는 이로 하여금 풍부한 감성에 젖어들게 만드는 매력을 가지고 있었다.

송지유와 정훈민이 부르는 종로연가가 잦아들고 무대가 끝이 났다.

관객석은 고요했다. 적막감으로 들어찬 무대에서 베테랑인 장지석도 쉽사리 입을 떼지 못하고 있었다. 정적이 계속되다 일순간 함성이 터져 나왔다. 긴장하고 있던 제작진이 그제야 마음을 놓았다.

그런데 갑자기 현우의 시야가 흐려졌다. 무대 뒤쪽 계단으로 내려오고 있는 송지유가 보였다. 그 순간 검은색 연기가 나타나 계단 위의 지미 집을 휘감았다. 불안감이 엄습해 왔다.

"젠장!"

현우가 미친 듯이 송지유를 향해 달렸다. 눈이 마주치자 보조개가 파이며 송지유가 현우를 향해 환한 미소를 지었다.

우지끈! 그때 지미 집이 휘어지며 그 위에 달려 있던 커다란 카메라가 송지유를 향해 떨어졌다.

그리고 거의 동시에 현우가 송지유를 안고 바닥을 굴렀다. 하지만 떨어지는 카메라를 피할 수는 없었다. 현우는 본능적으로 송지유를 보호했고, 스탭들의 비명과 함께 카메라가 그대로 현우를 덮쳤다. 카메라는 현우의 오른쪽 어깨를 강타하고 바닥으로 떨어졌다.

"지유야! 괜찮아?!"

고통이 느껴졌지만 현우는 품에 안겨 있는 송지유부터 챙겼다. 송지유의 얼굴이 창백해져 있었다. 그사이 스탭들이 몰려와 현우와 송지유를 일으켜 주었다.

"많이 놀랐어? 다친 곳 없지?"

"오빠……."

송지유의 두 눈동자로 물기가 맺혔다.

"왜 그래? 나 멀쩡해."

현우는 애써 태연한 척을 했다. 꿈에 그리던 데뷔 무대를 앞두고 있었다. 지금 여기서 흔들려 버리면 모든 것들이 수포로 돌아가고 만다.

"지유야……?"

"……."

결국 송지유가 주르륵 눈물을 흘렸다.

"화, 화장 지워진다. 응?"

현우는 당황스러웠다. 그런데 갑자기 놀라서 달려 온 김은정까지 울기 시작했다.

"우, 울지 말고, 뚝 하자. 뚝!"

달래보아도 소용이 없었다. 현우의 머릿속이 하얗게 물들었다. 그사이 이진이가 스탭들과 함께 안전 요원을 데리고 나타났다. 구세주의 등장에 현우의 얼굴이 밝아졌다.

"현우 씨! 일단 대기실로 가요! 빨리요!"

"은정아. 지유 좀 진정시켜서 와. 알았지?"

현우는 억지로 김은정과 송지유를 화장실 쪽으로 밀어 넣었다. 그제야 현우는 이진이 쪽으로 고개를 돌렸다.

"작가님. 가시죠."

어느새 현우의 얼굴이 고통으로 일그러져 있었다.

대기실로 들어오자마자 안전 요원이 현우의 어깨를 살폈다. 오른쪽 어깨가 벌겋게 퉁퉁 부어올라 있었다. 응급처치를 마친 안전 요원의 얼굴이 좋지 않았다.

"그렇게 심한가요?"

이진이가 심각한 얼굴로 물었다.

"고통이 심할 겁니다. 타박상이 심해요. 병원에 가보셔야 합니다. 외상은 없지만 진료는 꼭 받으셔야 해요."

안전 요원이 신신당부하며 말했다.

"괜찮습니다. 참을 만해요."

말은 그렇게 했지만 현우는 애써 고통을 참고 있었다. 이마로 식은땀까지 흘러내리고 있었다. 안전 요원이 꼭 병원을 가라는 말을 남기고 대기실을 나갔다.

"현우 씨. 우리 병원 가요."

"안 됩니다. 병원은 지유 무대가 끝나면 가겠습니다."

"현우 씨가 병원을 가야 지유 씨가 마음 놓고 노래를 부를 것 아니에요?!"

"제가 병원에 가버리면 지유가 노래에 집중 못 할 겁니다. 아까 보셨잖아요? 전적으로 저를 의지하고 있는 아이란 말입니다! 그리고 지유의 첫 무대입니다. 곁에서 제가 지켜봐야 합니다."

"하지만……!"

"제 뜻대로 하게 해주세요. 저랑 지유에게는 다시는 찾아오지 않을 기회입니다. 작가님도 마찬가지 아닙니까?"

"…알았어요."

현우의 절박함 앞에서 결국 이진이가 한발 물러섰다. 때마침 대기실 문이 열리고 송지유와 김은정이 들어왔다. 송지유가 황급히 현우를 살폈다.

"오빠! 괜찮아요? 아프지 않아요?"

"멀쩡해. 봐봐."

현우는 고통까지 참아가며 오른쪽 팔을 휙휙 휘둘러 보였다.

"안심시키려고 거짓말하는 거면 용서 못 해요."

송지유는 그 어느 때보다도 차가운 얼굴을 하고 있었다.

"진짜라니까?"

"못 믿겠어요. 진짜 괜찮은 거예요, 작가님?"

송지유의 의혹 섞인 물음에 현우와 이진이의 시선이 마주쳤다. 암묵적인 대화가 오갔고 이진이가 마지못해 입을 열었다.

"지유 씨. 가벼운 타박상이니까 별문제는 없을 거라고 했어요."

"정말이죠?"

"정말이에요."

"다행이다……."

차가웠던 송지유의 얼굴이 안도감으로 물들었다. 김은정도 한숨과 함께 털썩 소파로 주저앉았다.

'더럽게 아프네.'

아직도 어깨에서 느껴지는 통증이 심했지만 현우는 일단 참아보기로 했다.

                    *   *   *

"예뻐요?"

대기실 문을 열고 송지유가 나타났다. 순간 대기실이 환해
졌다. 송지유는 앨범 재킷 사진과 똑같은 개나리 색깔의 원피
스에 하얀색 하이힐을 신고 있었다. 헤어스타일도 재킷 사진
과 똑같았다.

"최고야."

현우가 만족스러운 얼굴로 박수를 쳤다. 이런 송지유를 보
고도 반하지 않는다면 말이 되지 않는단 생각이 들 정도였
다. 현우는 준비를 마친 송지유를 데리고 무대 뒤편으로 향
했다.

막 마지막 무대가 끝이 난 상황이었다. 걱정 어린 시선을
보내고 있는 제작진과 스탭들을 향해 현우는 아무렇지도 않
다는 듯 웃어 보였다. 이준영이 제작진들 사이를 헤치고 다가
왔다. 잠시 현우를 살펴보던 이준영이 송지유에게로 시선을
돌렸다.

"송지유 씨. 준비됐습니까?"

"네. 피디님."

"좋아요. 그럼 준비한 대로만 해요. 기대하고 있겠습니다.

무대 올릴 준비해!"

이준영의 외침에 스탭들이 무대 이곳저곳으로 뛰어갔다. 뭔가 심상치 않은 분위기를 감지한 멤버들과 출연자들이 어리둥절해했다. 이제 무대로 올라가 무대 인사만 하면 그만인 줄 알았는데 상황을 보니 그렇지가 않아 보였다.

"대체 뭐가 있는데 그래?"

"그러니까 우리도 이제 좀 알자. 현우야, 넌 알고 있지?"

김민수와 정훈민이 현우를 졸랐다.

"곧 알게 될 겁니다."

현우는 그저 웃기만 했다. 뒤이어 스탭들을 따라 무모한 형제들의 모든 출연자들이 다시 무대 위로 향했다.

"오빠, 다녀올게요. 기다리고 있어요. 알았죠?"

"잘하고 와."

늘 들었던 '다녀올게요' 라는 말이 오늘따라 아련하게 느껴졌다. 현우는 마지막으로 무대에 오르는 송지유를 끝까지 지켜보았다.

무대로 무모한 형제들의 멤버들과 게스트들이 오르자 관객들은 다시 환호성을 보냈다. 장지석이 마이크를 잡았다.

"여러분, 오늘 즐거우셨죠?!"

"네에!"

"부족한 저희 무대를 끝까지 지켜봐 주셔서 정말 감사합니다! 아쉽지만 오늘은 여기서 무대를 마쳐야겠네요!"

"아아!"

아쉬움의 탄성이 쏟아졌다.

"그럼 저희는 여기서 물러가겠습니다! 감사합니다!"

다른 멤버들과 출연자들도 짤막하게 인사를 건네며 무대가 어둠에 휩싸였다. 관객들이 아쉬움을 삼킨 채 하나둘 자리에서 일어났다. 그런데 별안간 무대가 다시 황금빛을 발하기 시작했다. 관객석으로 조명이 하나둘 켜졌고, 마지막으로 무대가 밝혀지며 송지유가 모습을 드러내었다.

"와아아!"

갑작스러운 송지유의 등장에 관객들은 열광했다.

"안녕하세요! 저 또 왔어요."

송지유가 관객들을 향해 손을 흔들었다. 생긋 웃는 송지유의 모습이 클로즈업으로 잡혔다. 그리고 장지석이 다시 나타났다.

"여러분! 많이 놀라셨죠? 음. 여러분들에게 기쁜 소식을 하나 전해 드리려 제가 다시 왔습니다! 우리 지유 양이 오늘 이곳에서 데뷔 무대를 가집니다! 곡 이름은 종로의 봄입니다. 벌써 제목만 들어도 몸이 간질간질하지 않습니까? 그럼 우리 지유 양의 노래 잘 들어주시길 바라며, 저는 이제 진짜로 물러가겠습니다! 노래 주세요!"

장지석이 송지유의 어깨를 다독여 준 다음 무대 밑으로 내려왔다.

"감사합니다, 지석 형님. 특별히 우리 지유를 챙겨주신 거 나중에 꼭 은혜 갚겠습니다."

현우가 꾸벅 고개를 숙여 보였다.

"에이. 뭐 은혜랄 것까지야 있어요? 현우 씨가 우리 훈민이 살려놓았으니 내가 더 고맙죠. 나중에 밥 한 끼 해요. 내가 비싸고 맛있는 걸로 살게요."

장지석의 말에 현우의 얼굴이 밝아졌다. 장지석과 사석에서 밥 한 끼를 할 수 있다는 건 생각보다 더 대단한 일이었다.

그사이 무대 세팅이 끝이 났다. 두 눈을 감고 있던 송지유가 마이크를 잡음과 동시에 데뷔 무대가 시작되었다. 황금색이 아닌 연한 벚꽃 색깔로 무대 전체가 빛을 발하기 시작했다. 때마침 서정적이고 따스한 전주가 흘러나오며 관객들을 집중시켰다. 그리고 마침내 송지유가 입을 떼었다.

나 홀로 벚꽃 핀 거리를 걸었어요
지난 봄 우리의 향기는 이곳에 남았네요
그대는 어디에 있을까요?
행복했던 우리의 날들은 이제 없어요
하지만 난 당신을 기억해요

청아하고 아련한 목소리가 관객들의 감성을 파고들었다. 관객들은 송지유만의 아련한 감성에 숨조차 죽이고 귀를 기울였다.

잔잔하던 곡이 서서히 절정으로 치달았다.

따스한 봄 그대 곁에 머물래요
우리의 따스했던 봄은 어디에 있나요?
나 홀로 그대를 기억해요

처연함을 애써 억누르고 있는 송지유의 감정에 관객들의 눈시울이 붉어졌다. 무대 뒤편의 제작진들도 잠시 촬영 중이라는 것을 잊을 정도였다. 몇몇 여자 작가들은 눈물을 훔치기까지 했다.

나 홀로 우리의 봄을 기다려요
기다려요
기다려요
기다릴게요

송지유의 목소리가 서서히 잦아들었다. 관객들은 침묵을

한 채 그 어떠한 반응도 보이지 않았다. 꽤 오랜 시간이 지나도 침묵은 계속되었다. 무대 뒤편의 모든 이들이 관객들의 반응이 이상하다고 느꼈다. 보통 여운이 가시면 박수를 치게 마련이다. 그런데도 침묵은 끝나지 않고 있었다.

이대로 방송이 나간다면 여러모로 골치가 아파진다. 제작진이 당황하기 시작했다.

"선배! 지석이 형님 올릴까요?"

이승훈이 다급히 물었다. 이준영이 고개를 저었다.

"당장 모든 카메라들 관객석으로 비춰!"

이승훈이 급히 무전기를 들었다. 송지유를 찍고 있는 카메라를 제외하곤 모든 카메라들이 관객들을 클로즈업으로 잡기 시작했다.

"역시! 빨리 다들 모니터 확인해 봐!"

이준영이 자리를 박차고 일어났다. 조연출과 작가들이 모니터로 달라붙었다. 현우 역시 마찬가지였다.

'됐다! 됐어!'

모니터를 확인한 현우의 입꼬리가 서서히 위로 올라갔다. 관객들은 결코 침묵하고 있는 것이 아니었다. 다만 아직도 여운에 휩싸여 헤어 나오지 못하고 있던 것이었다. 뒤이어 기다렸다는 듯 박수가 쏟아졌다. 그뿐만이 아니었다. 관객들이 한목소리로 송지유를 향해 앵콜을 외치고 있었다.

토요일 6시. 드디어 무모한 형제들 3회 차가 방송되었고 그후폭풍은 엄청났다. 온라인과 오프라인이 동시에 폭발했다. 주요 포털 사이트와 커뮤니티에선 무모한 형제들과 송지유에 대한 찬사들을 쏟아내고 있었다.

현우는 쓱 노트북 화면을 쳐다보았다. 이미 몇 번씩이나 읽어봤지만 볼 때마다 실실 웃음이 터져 나왔다.

[국민 예능의 위엄, 무모한 형제들 시청률 35.3%! 시청률 신기록 달성!]

[무형의 새로운 도전이었던 트로트 특집! 대성공!]

[송지유의 데뷔 무대는 숨겨진 비장의 카드였다!? 순간 최고 시청률 38.9%!]

[새로운 국민 요정 탄생하나? 송지유 주가 급상승!]

[베일에 싸인 트로트 소녀 송지유는 과연 누구인가?]

[마성의 데뷔곡 종로의 봄. 시청자들 금단 현상 토로!?]

지금 이 순간에도 기사들은 쏟아져 나오고 있었다. 커뮤니티마다 송지유의 데뷔 무대와 사진들로 넘쳐났다. 일일이 확인을 다 하지 못할 정도였다. 아니, 굳이 확인을 할 필요성도 느끼지 못했다.

하지만 유난히 눈이 가는 기사들이 있었다.

[종로의 봄. 음원 발매는 과연 언제? 소속사는 묵묵부답]
[고도의 신비주의 전략에 애타는 팬들. 언제쯤 종로의 봄을 들을 수 있나?]

바로 종로의 봄의 음원 발매에 관련된 기사들이었다. 기자들이 더 애타고 있었다. 그 절박함이 헤드라인에서 느껴졌다. 핸드폰을 슬쩍 보니 부재중 전화며 문자 메시지도 수백 통이 넘게 쌓여 있었다.

"괜찮을까? 기자들이 나쁜 마음을 먹을 수도 있잖아? 답장이라도 하자."

오승석이 불안한 얼굴을 하고 있었다. 김정호도 초조해 보였다. 당연했다. 본래 음원 발매는 무모한 형제들이 끝나는 8시로 예정되어 있었다. 하지만 갑자기 현우가 음원 발매 시간을 자정 12시로 바꾸어 버렸다. 작곡가와 프로듀서인 두 사람은 초조할 수밖에 없었다. 혹여나 악의적인 기사가 쏟아질까 해서였다.

현우가 씩 웃었다.

"정호 형님, 걱정할 필요 없습니다. 지유에 대해서 안 좋은 기사 써보라고 하세요. 그럼 앞으로 그쪽 언론이랑은 영원토

록 엮일 일 없을 겁니다. 그리고 여기 보세요. 나쁜 기사는 쓰고 싶어도 못 쓸걸요?"

[무모한 형제만 출연하고 언론은 피하는 송지유. 고리타분한 신비주의 전략에 대중은 괴롭다.]

고려일보의 기자가 쓴 기사였다. 댓글들을 보니 기자를 향한 욕설과 비난이 가득했다. 김정호가 신기한 표정으로 댓글들을 살펴봤다.

"신기하네요."

"그렇죠? 대중들은 우리 편이에요. 물론 언제 그 마음이 변할지는 모르지만요. 근데 제 생각에는 앞으로도 대중들은 쭉 우리 편일 겁니다."

"정말 그럴까요?"

어느새 송지유가 옆에서 묻고 있었다. 현우가 고개를 끄덕였다.

"전에도 말했지만 초심만 잃지 마."

"치. 그럴 일 없으니까 오빠나 잘해요."

"그래그래. 내가 말로 너를 어떻게 이기겠냐."

현우가 쓰게 웃었다. 무형이 끝나고 난 저녁 8시가 아닌, 자정 12시로 음원 공개를 미룬 데에는 나름의 이유가 있었다.

'일종의 밀고 당기기라고나 할까.'

음원이 발매되기까지 대중들을 애태울 필요가 있었다. 아무 때나 마실 수 있는 물보다는 목이 마르고 갈증이 심할 때 마시는 한 모금의 물이 더욱 시원하고 달달한 법이었다. 현우는 극적인 순간에 대중들의 목마름을 풀어줄 생각이었다.

드르륵. 때마침 이진이로부터 전화가 왔다.

─현우 씨! 시청률 확인했죠?! 35% 넘었어요! 어떻게 해요?! 떨려서 어떻게 해야 할지 모르겠어요! 어울림도 축제 분위기죠?! 여기도 장난 아니에요!

전화기 너머로 환호성을 지르고 있는 제작진들의 목소리가 들렸다. 대충 상황을 보니 저번에 회식을 했던 곳에 모여 있는 것 같았다.

"축하드립니다. 작가님, 피디님이랑 승훈 씨한테도 축하한다고 전해주세요. 아, 훈민이 형도 계시죠? 안부 전해주시고요."

─호호. 그럴게요. 근데 현우 씨는 크게 기쁘지 않은가 봐요?

"그럴 리가요. 아직 저희는 큰 산이 남아 있지 않습니까?"

─하긴, 음원 발표 새벽 12시로 미루었었죠?

"네, 그랬죠. 작가님, 잠시 스피커폰 좀 하겠습니다."

─왜요?

"우리 회사에 걱정을 하는 분들이 계셔서 말이죠."

─알았어요.

현우가 핸드폰을 책상 위로 올려놓고 스피커 모드로 전환했다. 현우가 의미심장한 표정으로 입을 열었다.

"작가님. 우리 기사는 제대로 나가는 거 맞습니까?"

현우의 말에 어울림의 식구들이 깜짝 놀라 했다. 전혀 듣지 못했던 이야기였다.

소외감에 송지유가 현우를 노려보았다. 현우가 어색하게 웃으며 겸사겸사 핸드폰을 들어 앞을 가렸다.

그사이 핸드폰에서 이진이의 목소리가 흘러나오기 시작했다.

―9시 정각에 음원 발매 기사 나갈 거예요.

"감사합니다. 작가님, 여러모로 신세만 지네요. 동생분에게도 감사 인사 전해주세요."

―알겠어요. 그리고 단독 인터뷰 약속은 지키실 거죠?

"물론이죠. 하루 이틀 거래하는 것도 아니고 저를 못 믿으십니까?"

―농담이에요! 농담! 그럼 끊을게요! 벌주 마셔야 해요!

통화가 끝이 났다. 현우가 또 씩 웃어 보였다.

"다들 들었죠? 9시에 대문짝만 하게 음원 발매 기사 나갈 겁니다."

"왜 미리 말 안 했어요?"

안도하고 있는 어울림의 식구들과 달리 송지유는 뾰로통한 얼굴을 했다.

"깜짝 놀라게 해주려고 그랬지."

"다음부터는 그러지 마세요. 이번만 특별히 봐줄게요."

"그래그래. 내가 잘못했다."

현우가 머리를 긁적였다. 왠지 저번에 정훈민이 한 말들이 떠올랐다.

'설마 지유가 나한테 집착을 할까?'

저녁 9시 정각이 되자마자 이진이가 말했던 것처럼 연예 기사 하나가 포털들을 장식했다.

[독점! 송지유 디지털 싱글 앨범 자정 12시에 공개!]

기습적으로 올라온 기사에 포털 사이트는 물론이고 커뮤니티 또한 들끓고 있었다. 현우는 일단 기사부터 클릭했다. 벌써 수많은 댓글이 달리고 있었다.

ㅡ12시에 앨범 나온다고? 미쳤다!

ㅡ차트 나오자마자 음원 살 거임.

ㅡ하. 다행히 오늘 나오긴 나오네. 밤새 듣고 자야지.

ㅡ디지털 음원만 발매하는 거 같은데 아쉽네.

ㅡ음원 다운로드하겠습니다! 여왕님께 충성!

─충성! 충성!

"여왕님이라고?"

"지유 별명 중에 하나예요. 여왕님 포스가 난다고 그러나 봐요. 다른 별명도 엄청 많아요. 요즘은 얼음 인형이라고도 하고 또 말년 병장이라고도 해요. 우리 지유 군대도 못 가는데."

김은정이 울상을 하며 설명을 해주었다. 현우는 어이가 없어 헛웃음이 나왔다. 그래도 기분이 나쁘지는 않았다. 어쨌든 그만큼 많은 관심을 받고 있다는 소리였다.

*   *   *

자정 12시가 되자마자 송지유의 데뷔 앨범이 발매되었다.

"후우. 떨려서 미치겠네. 음원 차트 확인해 볼 사람 있어요?"

현우의 물음에 그 누구도 대답을 하지 못했다. 다들 떨리기는 마찬가지였다. 결국 현우가 노트북으로 시선을 돌렸다.

"후우."

크게 호흡을 고르며 현우가 음원 사이트에 들어갔다.

"……!"

현우가 그대로 얼어붙었다. 심상치 않은 느낌에 송지유가 다가갔다.

"왜 그래요? 반응이 별로예요?"

"아니, 반응이 별로일 리가 없잖아."

"근데요?"

"직접 봐봐."

송지유마저 얼어붙고 말았다. 현우와 송지유가 똑같이 반응이 없자 김은정이 성큼성큼 걸어와 노트북을 들었다. 그리고 그대로 노트북을 떨어뜨리고 말았다.

"으아!"

"왜 그래, 은정아?"

오승석이 급히 노트북을 주웠다. 그러다 오승석의 눈동자가 한없이 커져 버렸다. 결국 추향까지 나섰다.

"현우 씨. 대체 왜 그래요?"

"선생님."

"네. 말해봐요, 현우 씨."

"지유… 차트 17등 하고 있습니다."

그렇게 말하곤 현우가 미친 듯이 웃었다. 음원이 공개된 지 1시간 만에 종로의 봄은 당당히 차트 17위에 올라 있었다.

─미쳤다. 이런 노래가 나오다니, 미쳤어.

─후렴구가 귓가에서 떠나지를 않음. 중독성 ㄷㄷ

—무형에서 보고 귀로 직접 들으니까 노래 더 좋다.

—음원 다운로드했는데 진짜 돈이 아깝지 않다. 여러분 다운로드 꼭 하세요! 하고 또 하세요!

앨범에 달린 평들이 너무나도 좋았다. 앨범 평가 역시 5점 만점에 무려 4.8점을 기록하고 있었다.

"혹시 모르니까 더 기다려 보죠."

현우는 욕심이 났다. 첫 차트 진입에서 17위를 기록했다. 차트 10위권 근처도 가능하다는 판단이 들었다. 현우뿐만 아니라 어울림의 식구들이 모두 사무실에 남았다.

그러다 새벽 3시가 넘었다. 드르륵. 또 핸드폰이 울렸다. 번호를 확인한 현우가 급히 전화를 받았다.

"네. 피디님. 아직 안 주무셨습니까?"

—시청률 기록도 깼고 해서 간만에 음주 좀 했습니다.

"아, 제가 깜빡했네요. 인사가 늦었습니다. 시청률 35% 기록하신 것 축하드립니다. 피디님."

—축하는요. 이제는 35%를 넘기는 데 도전을 해봐야죠 뭐.

스타 피디다운 오만함이었다. 하지만 전혀 불가능할 것 같다는 생각은 들지 않았다.

지금까지 만난 연예계, 방송계 사람들 중에서 현우가 유일하게 인정한 사람이 바로 이준영이었다.

"하하. 역시 피디님답네요. 다음에 기회가 되면 우리 지유 또 출연하게 해주세요."

―좋은 아이템 있으면 그렇게 하죠. 뭐 그건 그렇고 김현우 씨도 앞으로 눈코 뜰 새 없이 바빠질 겁니다. 알고 있죠?

"그럼요. 솔직히 기대 반 걱정 반입니다."

―김현우 씨가 걱정을 한다? 빈말이 너무 심한 거 아닙니까? 벌써 앞으로의 계획들까지 다 세워놓은 것 아닙니까?

"영업 비밀입니다."

―재미없는 농담이네요. 아무튼 우리 무형에 출연한 인연도 있으니까 몇 가지 당부 좀 하겠습니다. 기자들 조심하세요. 뭐 이건 기본 중의 기본이니 당연히 아실 거고, 방송국 사람이라고 해서 함부로 믿으면 안 됩니다. 피디도 마찬가지예요. 김기태 같은 망나니 새끼들 넘치고 넘칩니다. 잘 가려야 할 겁니다. 또 다른 기획사들 항상 조심해야 합니다. 송지유 씨가 빵 하고 터졌으니 당분간 어떤 식으로든 견제가 들어올 겁니다. 간단하게 말해서 우리가 빌어먹고 사는 이 세계를 동물의 왕국이라고 생각하세요. 그럼 답이 나올 겁니다.

"하하. 동물의 왕국이요? 피디님다운 비유시네요. 감사합니다. 꼭 살아남겠습니다."

―술 다 깨게 왜 웃는 겁니까?

"피디님이 이렇게 섬세한 분이신 줄 몰랐거든요."

─뭐 어떻게 생각하든 상관은 없고, 그래도 우리 무형에 출연한 가족이니까 하는 소리입니다.

"감사합니다, 피디님. 어떤 식으로든 은혜는 꼭 갚겠습니다."

─기억해 두겠습니다. 그건 그렇고 음원 차트 확인은 하고 있습니까?

이준영의 물음에 현우가 김은정에게 눈짓을 보냈다.

"아직 17위예요."

현우가 고개를 끄덕이며 다시 입을 열었다.

"17위라네요. 아무래도 주말 내로 10위권 뚫기는 힘들 것 같습니다."

─무슨 헛소리입니까? 잠 덜 깼어요? 차트 확인 제대로 해 보세요.

이준영의 말에 현우는 머리가 텅 비며 아무런 생각도 들지 않았다. 갑자기 멀쩡했던 심장이 쿵쾅거렸다.

─끊겠습니다. 오늘은 늦었으니까 선물은 날 밝으면 주겠습니다.

툭. 통화가 끝이 났다. 현우는 재빨리 차트를 확인해 보았다. 새로 고침을 눌렀다. 그러자 17위에 머물러 있던 종로의 봄이 1위 자리를 차지하고 있었다.

"으아!"

현우가 괴성을 질렀다.

"다들 뭐 해요?! 지금 종로의 봄 1위 찍었다니까요?!"

현우의 외침에 다들 정신이 번쩍 들어 차트를 확인하기 시작했다.

"1위다! 1위다!"

"꺄아! 1위다! 진짜 1위다!"

오승석이 김은정과 함께 미친 듯이 사무실을 뛰어다녔다. 김정호는 덜덜 떨리는 손으로 핸드폰만을 보고 있었다. 추향이 손수건으로 눈가를 훔쳤다.

현우와 송지유의 시선이 마주쳤다. 송지유가 달려와 와락 현우의 허리를 껴안았다.

"오빠. 우리 진짜 1위 한 거 맞죠? 그렇죠?"

"맞아. 우리 1위 했다. 지유야!"

현우는 마음껏 기뻐했다. 과거로 돌아온 이후에, 아니, 그 전에도 이렇게 원 없이 기뻐한 적이 있나 싶었다.

일요일 아침이 되고 월요일이 되어서도 종로의 봄은 음원 차트 1위를 굳건히 유지했다. 처음 1위를 달성했던 대형 음원 사이트 코코넛뿐만 아니라 모든 음원 사이트에서 종로의 봄은 1위를 기록하고 있었다.

차트 올킬. 신인 가수가 차트를 올킬 했다. 정규 앨범도 아니고 수록곡은 고작 2곡뿐인 디지털 싱글 앨범이었다. 막강한 팬층을 보유하고 있는 정상급 아이돌이나 대형 가수도 아니었다. 심지어 거대 기획사도 아닌 영세 기획사 소속이었다.

거대 기획사 소속의 아이돌 그룹들이 치열하게 경쟁을 펼치고 있던 가요계에 송지유라는 혜성이 떨어졌다. 가요계가 발칵 뒤집혔다. 거대 기획사 관계자들과 가요계의 유명 작곡가들은 이 현상을 일시적인 현상으로만 치부했다.

하지만 월요일이 지나고 화요일, 그리고 한 주가 돌아 다시 월요일이 돌아와도 모든 음원 차트에서는 송지유의 독주가 펼쳐지고 있었다. 길가의 모든 상점들에서 종로의 봄이 흘러나왔다. 버스 안의 라디오에서도, 한강 시민 공원 같은 여가 공간에서도 종로의 봄이 흘러나왔다.

심드렁했던 거대 기획사 관계자들은 물론이고 가요계의 유명 인사들 모두가 커다란 충격을 받았다. 설상가상으로 종로 연가도 차트 2위에 올랐다. 상황을 가볍게 보고 컴백을 했던 어느 대형 아이돌 그룹의 앨범이 차트에서 죽을 쒔다. 대중들은 송지유와 종로의 봄에서 도무지 빠져나오지 못하고 있었다. 그리고 거대 기획사 관계자들은 현우에 대해 알아내기 위해 안간힘을 쓰고 있었다.

한편, 화제의 중심에 놓여 있는 두 사람은 한가롭게 회사 근처 삼겹살 가게에서 점심 백반을 먹고 있었다.

"시험은 잘 봤어?"

어쩌다 보니 시험 기간이 겹쳐 일주일 동안 송지유를 보지 못했다. 송지유도 기숙사와 학교를 오가며 시험공부에만 전념을 했다.

"다음 학기 장학금은 어려울 것 같아요. 어떻게 하죠?"

송지유의 걱정에 현우가 피식 웃었다. 지금 대한민국은 송지유 열풍이 휘몰아치고 있었다. 그럼에도 본인은 전혀 이러한 점을 의식하지 못하고 있었다. 철저한 마이웨이. 송지유다웠고, 이 점이 바로 송지유의 장점이라는 생각이 들었다.

"오빠?"

"등록금 걱정은 할 것 없고, 너나 나나 좋은 시절은 이제 다 갔어."

현우가 노트북 화면을 보여주었다. 가뜩이나 큰 송지유의 눈동자가 왕방울만 해졌다. 문서 파일로 스케줄이 빼곡하게 적혀 있었다. 방송 3사에서 온 섭외건만 해도 무려 10건이 넘었다. 크고 작은 광고도 10건이 넘어갔다. 여성 잡지 디렉터들로부터 온 섭외도 많았다. 행사와 관련된 섭외도 수십 군데가 넘었다. 기자들의 연락은 말할 것도 없었다.

"이거 다 스케줄이에요?"

"그럴 리가. 여기 있는 스케줄 다 하면 우리 둘 다 하루에 한 시간도 못 잘걸? 일단은 연락 온 곳들만 다 적어놓은 거야.

하나하나 연락해서 기다려 달라고 달래느라 죽을 뻔했다. 먼저 너랑 상의 좀 해야지."

"저랑 상의를 왜 해요? 오빠가 알아서 해요."

송지유는 태연한 얼굴로 말했다. 현우는 어이가 없었다.

"하. 나보고 만날 사기꾼이라며? 사기당하면 어쩌려고? 너 내가 평양에서 공연하라면 할 거야?"

"평양이 어때서요? 할 수 있으면 하는 거예요. 그리고 알아서 잘하라는 거였지 이상하게 하라는 건 아니었어요. 꼭 일일이 다 설명해 줘야 해요?"

송지유가 눈을 가늘게 떴다. 가뜩이나 차가워 보이는 인상에 냉기가 풀풀 느껴졌다.

"네네. 알아서 모십죠. 아무튼 너 계절 학기는 다음 학기로 미루자. 방학 내내 스케줄 소화해야 할 거야. 스케줄은 내가 일차적으로 거를 거고, 이차적으로는 너랑 나랑 상의를 해서 정하자."

"알겠어요. 우리 방송국은 언제 가요?"

"이제 슬슬 가야지. 이 피디님이 친히 챙겨준 선물인데 늦어서야 되겠어? 은정이 아직 연락 없어?"

"오후 시험까지 봐야 한대요."

"그럼 우리 둘이 먼저 가 있어야겠네. 가자."

                    *   *   *

　MBS 공개홀은 연남동에서 그리 멀지 않은 상암동에 위치
해 있었다. 공개홀 근처에 다다르니 아이돌 그룹의 팬들이 끝
도 없이 넘쳐났다.

　"뭐야? 왜 이렇게 많아?"

　"아이돌 팬들이잖아요. 오늘이 아니면 좋아하는 가수들 보
기가 힘드니까요. 근데 주차할 곳은 있을까요?"

　"……."

　"오빠, 왜 그래요?"

　"그냥 느낌인가? 저 사람들 우리 쪽으로 오는 것 같은데?"

　불안한 느낌은 현실이 되고 말았다.

　여성 팬들은 물론이고, 시커먼 남성 팬들도 우르르 몰려오
고 있었다.

　"어어?"

　엄청난 환호성과 함께 인파들이 초록색 봉고차를 에워쌌
다. 창문을 닫고 있었는데도 귀가 다 아플 정도였다.

　"팬들인가 봐요?"

　"그러네. 지유 네 팬들이긴 한데……."

　팬들이 연신 송지유의 이름과 별명들을 외쳤다.

　"안 되겠다. 창문 살짝 내리고 인사해 줘. 이러다 차 뒤집어

지겠다."

현우가 살짝 창문을 내렸다. 송지유가 살짝 얼굴을 내밀고 손을 흔들었다. 와아아! 그야말로 난리가 났다. 다른 아이돌의 팬들까지 몰려들었다. 그사이 밴 몇 대가 공개홀로 들어섰다.

초록색 봉고차를 둘러싸고 있는 팬들 때문에 길이 막히자 밴에서 매니저들이 내렸다. 그러고는 방청객 관리를 하고 있던 스텝들과 힘을 합쳐 팬들을 양 사이드로 밀어 넣기 시작했다.

"뭐 하는 거야?"

현우는 어이가 없었다. 말이 좋아 밀어 넣는다는 표현이었지 매니저들은 그냥 완력을 동원해 여학생들을 우악스럽게 다루고 있었다. 결국 현우가 운전석에서 내렸다.

"이봐! 가만히 서서 뭐 하고 있어? 신참이야? 일 똑바로 안 해?"

누군가가 현우에게 버럭 성질을 냈다. 그러다 현우와 시선이 마주치자 떫은 얼굴을 했다. 핑크플라워의 매니저인 이진태였다.

"이봐요, 팀장님. 애들 다치기라도 하면 어쩌려고 그러세요? 당장 그만두지 못합니까?! 그쪽 매니저들은 죄다 깡패예요? 왜 멀쩡한 애들을 밀칩니까?"

"······!"

이진태가 무슨 말을 하려다 입을 다물었다. 원망 어린 표정으로 쳐다보고 있는 팬들도 신경이 쓰였지만 몇 주 사이에 송지유의 위상이 달라져 있었다. 스탭들도 핑크플라워는 안중에도 없었다. 혹여나 송지유에게 무슨 일이라도 생길까 수십 명이나 되는 스탭들이 초록색 봉고차를 둘러싸고 있었다.

그사이 송지유가 내렸다. 다시 환호성이 쏟아졌다. 현우가 스탭 한 명으로부터 확성기를 건네받았다.

"다들 다친 곳은 없죠? 오늘 우리 지유 첫 음악 방송이거든요? 여러분들이 양해를 좀 해주셨으면 좋겠습니다. 길 비켜줄 수 있죠?"

"네!"

팬들이 입을 모아 소리를 질렀다. 현우가 확성기를 송지유에게 넘겨주었다. 송지유가 평소와 다르게 미소를 지었다. 여기저기서 여학생들의 비명이 쏟아졌다.

"무대에서 만나요."

짤막한 말이었지만 팬들은 멍한 얼굴들을 했다. 그리고 알아서 길을 터주었다. 현우가 이진태를 보며 픽 웃었다.

"봐요. 말 잘 듣네."

"빌어먹을!"

이진태가 괜히 욕설을 내뱉었다.

팬들이 길을 터준 덕분에 현우와 송지유는 순조롭게 공개홀 안으로 들어설 수 있었다.

"송지유 씨 팬입니다! 공개홀은 처음이시죠? 이리로 오세요!"

조연출이 송지유의 팬을 자청하며 대기실로 안내했다.

"어라?"

"……."

송지유의 표정이 싸늘해졌다. 대기실 문 앞에 송지유의 이름과 함께 핑크플라워의 그룹명이 적혀 있었기 때문이다.

"핑크플라워랑 대기실 같이 씁니까?"

"네. 그렇습니다. 보통 데뷔 날짜 보고 대기실을 정하는데 핑크플라워 다음으로 데뷔한 가수가 송지유 씨입니다. 무슨 문제라도 있으세요?"

"아뇨. 아닙니다."

현우는 일단 송지유를 데리고 대기실 안으로 들어왔다.

"지유야. 오늘은 참아야 한다. 무슨 말인지 알지?"

송지유가 슥 현우를 올려다보았다.

"건드리지만 않으면 괜찮아요. 대신 건드리면 가만히 안 있어요."

"그건 당연한 거지. 하아. 원수도 아니고 왜 또 여기서 만나는 건지."

무슨 악연인가 싶었다. 그사이 김은정이 스탭들과 대기실 문을 열고 들어섰다. 그런데 김은정은 혼자가 아니었다. 교복을 입은 여고생이 한 명 더 있었다.

"은정아?"

"오다가 만났는데 무릎이 너무 까졌어요. 물어보니까 핑크플라워 매니저가 밀쳐서 넘어졌대요. 그래서 소독해 주고 반창고 붙여주려고 데려왔어요."

"음……."

그러고 보니 송지유만큼이나 김은정도 핑크플라워와 감정이 좋지 않았다.

핑크플라워의 매니저가 밀어서 다쳤다 하니 김은정이 일부러 더 아이를 챙긴 것 같았다.

현우가 여고생의 상처를 살펴보려는 찰나, 대기실 문이 열렸다.

"……."

"……."

송지유와 핑크플라워 멤버들 간의 싸늘한 침묵이 감돌았다. 뒤이어 들어온 이진태도 현우를 노려보고 있었다.

침묵이 감돈 채 핑크플라워의 멤버들이 각자 자리로 가 앉았다. 송지유도 조용히 자리에 앉았다. 김은정이 봉고차에서 가지고 온 구급상자를 열어 여고생을 살피기 시작했다.

"아야!"

소독약이 아팠는지 여고생이 조금씩 소리를 냈다.

"팬인 건 알겠는데 대기실은 아무나 들어오는 데 아니거든. 조용히 좀 시켜줄래? 아니면 팬 좀 내보내."

핑크플라워의 센터 이혜미가 조용하지만 날선 음성으로 따졌다. 여고생이 입술을 깨물었다.

어느새 두 눈에서 눈물이 흐르고 있었다. 조용히 두 눈을 감고 있던 송지유가 눈을 떴다.

"내 팬 아닌데."

"네 팬이 아니면 그럼 누구 팬인데?"

단순한 이혜미가 송지유의 덫에 걸려들었다. 현우가 픽 웃었다. 송지유가 싸늘한 미소와 함께 입을 열었다.

"핑크플라워, 너네 팬이래. 너희 매니저가 밀쳐서 다쳤다는데 미안하지도 않아?"

"어?"

이혜미가 크게 당황하기 시작했다. 전소정이 다급하게 일어나 여고생에게로 다가갔다.

"미, 미안해. 우리가 말이 심했지? 괜찮니? 많이 아파?"

"……."

전소정이 달래자 여고생은 더 크게 훌쩍이기 시작했다.

"누가 대기실은 아무나 들어오는 곳 아니라던데……."

송지유가 지나가는 투로 말했다.

"내, 내가 언제? 그리고 조용히 좀 해줄래?!"

송지유에게 한 방 제대로 먹은 이혜미가 여고생에게 괜히 면박을 주었다. 다른 핑크플라워의 멤버들이 어쩔 줄을 몰라 했다.

"아오! 진짜!"

이진태가 여고생의 팔을 덥석 붙잡았다.

"학생. 나랑 병원가자. 내가 데려다줄게."

"그, 그냥 가고 싶어요."

"아니, 그냥 가면 안 되지. 나랑 병원 가자니까?"

막무가내 식이었다. 결국 현우가 이진태로부터 여고생을 빼냈다.

"지금 뭐 하시는 겁니까?"

"아니, 다쳤잖아? 안 보여?!"

"진짜 걱정하는 거 맞아요? 인터넷에 글이라도 올릴까 봐 이러는 거 아닙니까?"

"이게 진짜? 요즘 좀 떴다고 눈에 보이는 게 없냐?!"

이진태가 씩씩거렸다. 현우는 솔직히 귀찮았다. 그마나 손태명을 믿고 있었는데 오늘도 보이지 않았다. 결국 송지유가 자리에서 일어나 여고생의 앞을 가로막았다.

"비키세요."

"아오."

송지유 앞에서 이진태가 꼼짝도 하지 못했다. 그때 마침 대기실 문이 열렸다. 음악캠프의 메인 피디였다. 여자 피디였는데 훤칠한 체격에 굉장히 패셔너블했다.

"호호. 반가워요. 송지유 씨랑 매니저님을 드디어 만나게 되네요? 송지유 씨는 화면보다 실물이 훨씬 예뻐요. 여자가 봐도 너무 예쁘네요. 아참, 소개도 안 했네요. 마소진이라고 해요. 준영이랑은 입사 동기고요. 준영이가 제 욕 안 하던 가요? 매니저님?"

도도한 외모와 달리 수다스러웠다. 현우는 고개를 저었다.

"욕은요. 다만 조심하라고 하시던데요?"

"나쁜 놈. 혹시 주사 이야기하던가요? 막 술만 마시면 테이블에서 춤춘다고 했어요?"

"아뇨. 그냥 조심하라고만 하셨는데요?"

"아하하. 그랬구나. 못 들은 걸로 해주세요."

심지어 푼수 기도 있었다. 현우는 대번에 이 여자 피디가 마음에 들었다. 그사이 대화에 끼지 못하고 있던 이진태가 슬그머니 얼굴을 들이밀었다.

"아이고. 피디님 더 예뻐지셨는데요? 제가 소개팅이라도 주선해 드릴까요? 저희 회사에 인재들 많습니다."

"아니에요. 필요 없어요."

마소진이 일언지하에 거절을 했다. 방금 전과 달리 표정이 딱딱했다.

"방청하려던 팬들 밀치고 다치게까지 했다면서요? 그것도 모자라 송지유 씨랑 매니저님한테 텃세까지 부리던데, 지금이 쌍팔년도인 줄 아세요? 선배 노릇 하고 싶은 것 같으니까 대기실 옮겨줄게요. 거기 가서 하세요."

"피디님 너무 하시는 거 아닙니까? 송지유가 요즘 인기인 건 알지만 우리 애들도 요즘 잘나갑니다! 우리 S&H 무시하시는 겁니까?"

"S&H를 무시하는 건 아니죠. 팀장님은 소문 못 들었어요? 핑크플라워 애들이랑 매니저들이 싸가지 밥 말아먹었다고 소문이 자자하던데요? 그러니까 소문 더 커지는 거 보기 싫으면 나가주실래요?"

"아니, 대체 송지유가 뭐라도 됩니까?!"

이진태가 버럭 소리를 질렀다. 마소진이 여유로운 표정으로 팔짱을 꼈다.

"뭐라도 되겠죠? 오늘 1위 후보고 유력한 1위 수상자니까요. 거기다 특별 무대까지 준비되어 있고요. 그러니까 송지유 씨 컨디션 건드리지 말고 나가요."

"……."

결국 아무런 말도 하지 못하고 이진태가 씩씩거리며 핑크플라워 멤버들을 데리고 대기실을 나갔다.

"이제 좀 쾌적하네요."

송지유가 다리를 꼬며 말했다.

"송지유 씨! 리허설 준비해 주세요!"

대기실 문 밖으로 조연출의 외침이 들려왔다. 현우는 고개를 돌려 여고생을 바라보았다. 송지유의 사인까지 받아서인지 한결 기분이 좋아 보였다.

"어떻게 할래? 택시비 줄 테니까 집으로 갈래? 아니면 병원 데려다줄까?"

"저어. 친구 오면 지유 언니랑 사진 찍고 가면 안 될까요? 매니저 오빠?"

여고생은 간절해 보였다. 현우는 먼저 송지유를 살폈다. 송지유가 현우보다 빨리 입을 열었다.

"그럼 그렇게 해. 어디 가지 말고 대기실에 가만히 있어. 리허설하고 올 거니까."

"네! 언니! 감사합니다!"

현우는 송지유를 데리고 대기실을 나섰다. 송지유의 리허설 때문인지 대기실에서 가수들과 매니저들이 쏟아져 나왔다. 송지유에게 모든 관심과 시선이 집중되었다.

'어지간히도 궁금했었나 보네.'

현우는 희미한 미소를 머금었다. 가수들이나 매니저들 모두 긴장한 기색이 역력했다. 당연했다. 송지유는 평온했던 가요계에 몰아친 폭풍과도 같은 존재였다. 디지털 싱글 앨범 발매와 동시에 음원 차트를 올킬 했고, 대중들의 시선은 송지유에게 향해 있었다.

"지나가겠습니다."

현우가 송지유를 이끌고 복도를 걸었다. 아이돌들과 가수들이 복도 벽에 붙어 길을 터주었다. 송지유가 동료 가수들을 지나칠 때마다 가볍게 인사를 건넸다. 자칫 건방져 보일 수도 있었지만 송지유 특유의 분위기가 전혀 그런 생각을 들지 않게 했다.

"이리로 오세요! 무대 마음에 들어요?"

무대 앞에서 스탭들에게 지시를 내리고 있던 마소진이 현우와 송지유를 반겨주었다.

"신경 많이 써주셨는데요?"

정말 그랬다. 특별하게 준비된 무대는 분홍색과 옅은 보라색 컬러로 구성이 되어 있었다. 이뿐만이 아니었다. 송지유가 앨범 재킷 사진을 찍을 때 입었던 개나리 색깔의 원피스가 나비 문양으로 변형되어 무대를 더욱 아름답게 꾸며주고 있었다.

마소진과 스탭들이 만들어준 특별 무대는 송지유와 정말 잘 어울렸다. 만족스러워하는 현우를 확인한 후 마소진이 송지유를 살폈다.

"지유 씨도 마음에 드나요? 매니저님 말씀대로 우리 신경 많이 썼어요."

"정말 마음에 들어요. 무대가 따뜻해 보여요. 감사합니다."

"잘됐다!"

마소진이 짝 박수를 쳤다.

리허설이 시작되고 송지유가 조연출을 따라 무대에 올랐다. 현우는 팔짱을 낀 채 무대 위에 올라가 있는 송지유를 살폈다.

'지유는 유난히 무대 위에서 빛이 난단 말이지.'

화려하게 꾸며진 무대도 송지유를 돋보이게 할 뿐 그 이상은 아니었다. 송지유를 지켜보고 있는 현우의 옆으로 마소진이 다가왔다.

"준영이 말 그대로네요. 지유 씨는 진짜 물건이에요."

"그렇습니까? 너무 좋게 봐주시는 거 아닙니까?"

"입에 발린 소리는 저도 못 해요. 제가 실제로 본 가수들 중에서는 지유 씨가 가장 매력적이에요. 준영이보다는 못 하지만 저도 감이라는 게 있는 피디거든요."

"그렇게까지 말씀하시니 감사히 칭찬받겠습니다."

현우가 쓰게 웃으며 말했다.

"그나저나 걱정이네요. SBC랑 KBN 음방도 나갈 텐데 말이에요. 그래도 다행인 건 음방 데뷔가 우리 MBS라는 거예요."

"그렇죠."

현우는 담담하게 말했다. 어쨌든 대중들에겐 무모한 형제들이 송지유를 발굴한 것으로 인식이 되어 있었다. MBS 입장에서는 지속적으로 송지유를 선점하고 싶을 것이다. 이준영의 선물인 음방 특별 무대도 어떻게 보면 윗선의 강력한 입김이 서려 있을 수도 있었다. 물론 누군가에게 휘둘릴 이준영이 아니었지만 말이다.

"저는 이제 조정실로 가볼게요."

"벌써 가시게요? 아쉬운데요?"

"여기 더 있다가는 점심 먹은 거 체할 거 같아서 그래요. 그러니까 무대 끝나고 봐요."

현우가 그제야 주변을 둘러보았다. 아이돌들과 가수들이 삼삼오오 모여 송지유의 리허설을 구경하고 있었다. 그리고 매니저들이 현우 쪽을 뚫어져라 쳐다보고 있었다. 현우가 습관적으로 픽 웃었다.

"그냥 저랑 계시면 안 됩니까? 저도 귀찮은 건 사양이라서 말입니다."

"호호. 저랑 성격 비슷하시네요. 그래도 어쩔 수 없어요. 앞으로 자주 마주칠 텐데 간단한 인사 정도는 좋잖아요?"

마소진이 또각또각 하이힐 소리를 내며 사라졌다.

마소진이 자리를 비우자 기다렸다는 듯 매니저들이 현우에게로 우르르 몰려들었다. 현우는 매니저들과 간단하게 통성명을 하고 명함을 교환했다. 그러다 익숙한 얼굴들을 발견했다. 코인 엔터와 디온 뮤직의 매니저들이었다.

"오랜만이네요. 잘 지내셨습니까?"

현우가 먼저 인사를 건넸다. 두 매니저가 어색한 표정을 했다. 그럴 만도 했다. 코인 엔터와 디온 뮤직의 신인 걸 그룹들은 '발굴! 뉴 스타!'에 출연을 하고 있었다. 또한 첫 미팅 때 현우와 송지유를 밀어낸 장본인들이기도 했다. 하지만 현우는 아무런 악감정도 없었다. 소형 기획사 소속의 매니저들이었다. '발굴! 뉴 스타!'에 출연하기 위해 절박한 심정으로 최선을 다했을 뿐이다.

"방송은 잘 보고 있습니다. 매니저님들이 고생이 많겠어요."

현우의 말에는 많은 의미가 담겨 있었다. 두 매니저들은 미안한 기색을 보이면서도 그나마 얼굴들을 폈다.

"후우. 시청률 때문에 잠도 못 자고 있습니다."

"저도요. 잘 풀릴 거라고 생각을 했는데 착각이었네요."

두 매니저들이 현우에게 하소연을 했다. 그러면서 무대 위의 송지유로 시선을 돌렸다.

"매니저님이 부럽네요. 지유 씨는 저렇게 성공을 했는데… 후우."

"우리 애들도 잘될 수 있을까요?"

현우는 섣불리 말을 꺼내지 못했다. 그저 두 매니저와 악수를 나누며 나름대로의 위로를 전했다.

상황이 이런지라 현우는 리허설 무대를 볼 짬도 없었다. 그러다 겨우 한숨을 돌리나 싶었는데 고급 정장 차림의 40대 중년 사내가 현우에게로 다가왔다.

"어울림의 김현우 씨 맞습니까?"

"네. 그렇습니다."

"S&H의 이석우입니다."

현우는 이석우가 건네는 명함을 보고는 조금 놀랐다. 이석우는 S&H 매니지먼트 1팀의 실장이었다. S&H는 매니지먼트 1팀과 2팀으로 나뉘어 있었는데, 1팀이 실질적인 S&H의 주력이라고 할 수 있었다. 2팀에는 핑크플라워와 신인 배우들 몇 명이 포진해 있을 뿐이었다.

반면, 1팀은 그 역사가 화려했다. 아이돌 1세대라 불리는 그룹들도 1팀에서 데뷔를 했고, 무엇보다 걸 그룹 돌풍을 이끌고 있는 걸즈파워가 1팀 소속이었다.

'걸즈파워는 지금 휴식기잖아. 그런데도 굳이 나를 찾아올 이유가 있나?'

현우는 묘한 의문이 들었다. 그래도 예의는 지켜야 했기에 현우도 명함을 꺼냈다.

"어울림의 김현우입니다."

"그래요. 반가워요."

이석우는 여유가 넘쳐 보였다.

"편하게 현우 씨라고 부르겠습니다. 괜찮습니까?"

"그럼요. 어떻게 보면 저한테는 대선배님이신데요."

"하하. 듣던 대로 씩씩한 청년이라 마음에 더 드는군요."

이석우의 말에 현우는 경계를 조금 풀었다.

이석우로부터 호의가 느껴졌기 때문이었다. 그사이 리허설이 끝나가고 있었다.

"간단하게 찾아온 이유만 말하고 가겠습니다. 회장님께서 현우 씨에게 식사 대접을 하고 싶다고 하십니다."

"……!"

현우는 크게 놀랐지만 태연한 척 표정을 바로 했다. S&H의 회장 이장호는 연예계에서는 전설적인 인물이었다. 1세대 아이돌 그룹들이 모두 그의 손에서 탄생되었다. 아이돌이라는 시스템을 처음 들여왔고 또 대중화시킨 인물이기도 했다.

'그 양반이 대체 왜 나랑 식사를 하고 싶은 건데?'

현우의 심정은 기대 반 의심 반이었다.

"…솔직히 이유를 모르겠습니다. 이 회장님이랑 저는 아무런 접점도 없습니다만."

"하하. 맞아요. 그런데 걱정할 건 없어요. 회장님께서 현우 씨한테 단순한 호기심이 생겨서 그러신 것이니 말입니다."

"호기심이요?"

"그래요. 호기심입니다. 지금 대한민국 가요계는 현우 씨랑 송지유 양 때문에 발칵 뒤집힌 상태예요. 회장님 입장에서는 현우 씨가 궁금할 수밖에요."

"말씀하신 것처럼 단순한 호기심이면 다행이지만, 호기심 이상이라면 저도 곤란합니다."

정말로 단순한 호기심인지, 아니면 자라나는 새싹에 대한 경계인지를 현우는 확신할 수 없었다. 단호한 현우를 보며 이 석우의 눈빛이 달라졌다.

"확실히 회장님께서 주목할 만하군요. 현우 씨, 내가 보증 하죠. 우리 회장님 그렇게 나쁜 사람 아닙니다. 아무리 우리 업계가 경쟁이 치열하다고는 해도 업계의 룰이라는 게 있는 겁니다. 무슨 말인지 알죠?"

"알겠습니다. 그럼 까마득한 후배에 대한 관심과 애정으로 생각하고 밥 한 끼 얻어먹도록 하죠. 참고로 저 회는 못 먹습 니다, 실장님."

"하하하!"

주눅 들지 않는 현우를 보며 이석우가 박장대소를 터뜨렸다. 그러더니 현우의 어깨를 몇 번이나 다독였다.

"현우 씨. 앞으로 자주 보게 될 것 같군요. 그럼 회장님이

프랑스에서 귀국하시는 대로 내가 연락할게요. 시간이랑 장소는 그때 정하기로 하고, 그럼 수고해요."

"또 뵙겠습니다."

이석우의 뒷모습을 바라보는 현우의 얼굴이 굳어 있었다. 호의가 분명했다. 이장호 회장을 만나 식사를 하는 것도 어떻게 보면 앞으로의 계획에 큰 도움이 될 수 있었다. 하지만 현우의 굳은 얼굴은 좀처럼 풀어지지 않았다. S&H의 이장호 회장까지 현우를 주목하고 있었다. 그렇다는 것은 연예계의 모든 이목들이 현우와 송지유에게로 쏠려 있다는 말이 된다.

비로소 실감이 났다. 호의로 다가오는 이들도 있겠지만 악의를 가지고 접근해 오는 이들이 더 많을 것이다.

'동물의 왕국이라고 했었나.'

문득 이준영이 한 충고가 떠올랐다.

"오빠!"

"어? 음. 리허설 잘했어?"

"당연히 잘했죠. 근데 무슨 생각을 그렇게 골똘히 하고 있었어요? 그리고 조금 전에 그 사람은 누구예요?"

"그냥 잠재적인 내 팬? 아마 그럴걸?"

현우가 씩 웃으며 말했다.

"우리는 마지막 순서니까 무대에 서려면 시간 좀 걸릴 거야. 간단하게 피자라도 시켜 먹을까?"

"김밥이랑 떡볶이도 먹을래요."

"그래, 그러자. 음?"

갑자기 핸드폰에서 진동이 느껴졌다.

얼마 전에 개통한 세컨드 핸드폰이라 번호를 알고 있는 사람들은 지인들이 전부였다.

"누구예요?"

"태명이네. 잠깐 전화 좀 받을게."

─현우야? 여보세요?

"응. 나야. 요즘 왜 이렇게 연락이 뜸하냐?"

─일이 좀 생겨서 그랬어.

"무슨 일인데? 너 오늘 음악캠프 스케줄은 왜 안 왔어?"

─그게 일이 생겨서 그래.

"아니, 그러니까 무슨 일인데?"

걷다 보니 어느새 대기실 앞이었다. 핸드폰 너머는 여전히 묵묵부답이었다.

"태명아. 뭔데? 왜 말을 못 하는 건데? 일단 말해봐."

─사실 나 회사에서 나왔어. 현우야.

"뭐?!"

현우가 그만 크게 소리를 지르고 말았다. 복도를 지나던 스탭들이 깜짝 놀라 현우를 쳐다보았다.

"오빠, 왜 그래요? 심각한 일이에요?"

송지유가 걱정스러운 얼굴을 했다. 현우는 일단 핸드폰을 내려놓았다.

"잠깐 통화 좀 하고 올게. 대기실 들어가 있어."

"알았어요."

공개홀 뒷문 쪽으로 나와 다시 핸드폰을 들었다.

―현우야? 현우야?

"어. 이제 통화 가능하다. 너 무슨 생각으로 회사를 나온 건데? 혹시 뭐 잘못했냐?"

현우는 어이가 없었다. 과거로 돌아오기 전에는 매니지먼트 1팀의 팀장까지 올라간 녀석이었다. 그런데 갑자기 왜 S&H에서 나오게 되었는지 이해가 되지를 않았다.

―내가 잘못한 건 절대 없어!

"후우. 그렇게 말하는 거 보니까 사고는 친 모양이네. 무슨 일인데?"

―전화로 이야기하는 건 좀 그렇고, 오늘 소주나 한잔 사줘라.

"알았어. 음악캠프 끝나면 스케줄 없으니까 9시 정도에 보자."

툭. 통화가 끝이 났다. 현우는 이마를 짚었다. 과거로 돌아왔기 때문에 미래가 바뀔 수도 있다는 생각은 늘 하고 있었다. 하지만 현우는 미래가 바뀌는 것 따위에 큰 신경을 쓰지 않을 정도로 자신감이 있었다. 그렇지만 절친한 친구라면 이야기가 조금 달라진다. 무거운 책임감을 느끼는 것은 아니었다. 다만 전후 사정이 궁금했다.

'선택은 태명이가 스스로 한 거니까.'

생각을 정리하고 대기실로 돌아가려던 현우가 뚝 걸음을 멈추었다.

뒷문 쪽에서 매니저들이 모여 담배를 태우고 있었다.

"송지유 걔 얼마나 갈 거 같아요? 난 길면 1년?"

"나도 같은 생각입니다. 무모한 형제들 때문에 뜬 거지 뭐. 타이틀곡이 좋긴 한데 후속곡 망하는 경우가 허다하니까요."

"회사가 너무 영세하면 매니지먼트에 한계가 있는 법이죠. 우리들도 잘 알잖아요? 반짝했다가 기획사에 발목 잡혀서 망하는 애들."

"노래도 너무 단순하다고. 멜로디도 단순하고, 가사도 단순하고 사람들도 금방 질릴 거라니까?"

현우는 얼굴을 굳혔다가 실소를 흘렸다. 명함을 가져갈 때는 언제고 지금은 뒤에서 험담을 하고 있었다. 조금 짜증이 나긴 했지만 뭐라 따질 가치도 없어 보였다.

"시기와 질투라. 나쁘지 않은데?"

그저 대충 웃어넘기고 현우는 대기실로 돌아왔다. 대기실 문을 열어보니 피자나 김밥, 떡볶이 같은 분식들이 테이블로 펼쳐져 있었다. 배달원에게 사인을 해주던 송지유가 현우를 살폈다.

"잘 해결됐어요?"

"응. 일단 먹자. 다들 배고플 테니까."

피자 한 조각을 입으로 가져가며 현우는 대기실 모니터를 바라보았다. 생방송이 시작되고 있었다. 남녀 아이돌 그룹들이 계속해서 무대에 올랐다. 솔로 가수로는 댄스 가수인 레이 디폭스가 유일했다. 그야말로 아이돌 전성시대였다. 무대 위로 연달아 아이돌 그룹들이 올라왔다.

"개판이네. 개판."

현우의 냉정한 평가에 여고생이 피자를 먹다가 눈치를 살폈다.

"아, 미안. 너도 핑크플라워 팬이었지? 아이돌 팬 앞에서 아이돌을 욕했네."

"아니에요. 괜찮아요. 저 오늘부터 지유 언니 팬이에요."

"그래? 그것 참 탁월한 선택인걸?"

현우가 씩 웃고는 다시 모니터를 바라보았다. 막 핑크플라워가 올라왔다. S&H의 걸 그룹답게 핑크플라워는 앞서 무대에 올랐던 아이돌들과는 차원이 달랐다. 군무가 일품이었고, 메인 보컬 전소정과 서브 보컬의 조화도 좋았다. 센터인 이혜미가 중심도 잘 잡고 있었다. 군더더기가 없었다. 하지만 모든 아이돌 그룹들이 S&H나 다른 3대 기획사처럼 이 정도의 수준을 가지고 있는 것은 아니었다. 음악캠프에 출연하고 있는 대다수의 아이돌들이 대부분 중소 기획사 출신이었다. 코인엔터와 디온 뮤직을 예로 들자면, 이번에 데뷔시킨 아이돌이 실패를 하면 곧장 그 회사들도 문을 닫게 될 것이다. 이것이 가요계의 냉정한 현실이었다.

'다들 한 방을 노리고 불나방처럼 뛰어든 셈이지.'

그런 의미에서 보자면 오물오물 피자를 먹고 있는 송지유는 현우에게 있어서는 보물 그 자체나 다름이 없었다.

"갑자기 왜 그렇게 느끼한 눈으로 봐요? 느끼하니까 콜라나 줄래요?"

송지유가 눈을 흘겼다. 얄미울 법도 했지만 오늘은 무조건 예뻐 보였다. 현우는 유난히 정성스럽게 콜라를 따라주었다.

간단하게 요기가 끝나고 마지막 무대가 다가왔다.

"풀 세팅 완료!"

김은정이 힘차게 소리를 쳤다.

"어때요?"

송지유가 습관적으로 현우에게 물었다. 앨범 재킷처럼 송지유는 아름답게 꾸며져 있었다. 조금 다른 것이 있다면 이번에는 앞머리를 살짝 휘어지게 연출을 했다는 것이었다.

"어떻기는 당연히 예쁘지. 근데 은정아. 이거 네 생각이야?"

"네. 1960년대 미국에서 유행했던 헤어스타일이에요. 이상해요?"

"아니. 아주 잘 어울리는데?"

"헤헤. 그렇죠? 저랑 지유가 복고를 유난히 좋아하잖아요."

문득 현우는 김은정의 정체가 궁금했다. 송지유의 지금 헤어스타일은 일명 음표 머리라 불렸다. 그리고 음표 스타일은 지금으로부터 한참이나 더 흘러야 유행이 돌아온다.

'은정이도 보통 아이는 아니야.'

여성 커뮤니티에서도 송지유의 화장법과 헤어스타일, 패션 등이 주목을 받고 있었다. 김은정도 확실히 이쪽 분야에서는 재능이 있는 아이였다.

"은정아. 회사 커지면 우리 회사에 취업해, 그냥."

"그럴까요?"

"녀석아. 농담 아니라니까."

"그렇지 않아도 요즘 진로 문제 때문에 고민이에요. 나중에 회식 때 진지하게 오빠랑 의논 좀 할게요."

"그렇다는 건 회식을 쏘라는 건데. 뭐 좋아. 회식 때 이야기하기로 하고, 지유야, 가자."

대기실 밖으로 나가자 이미 조연출과 스탭들이 마중을 나와 있었다. 심지어 마소진도 보였다. 송지유를 향한 음악캠프 제작진의 기대가 얼마나 큰지를 현우는 느낄 수 있었다.

복도를 지나 스탭들이 커다란 문을 열었다. 송지유를 위한 특별 무대가 분홍과 보라색으로 빛을 발하고 있었다. MC석에서 아이돌 남녀가 온갖 수식어로 송지유를 소개했다. 이례적으로 아이돌 팬들의 환호성이 쏟아졌다.

"다녀올게요."

송지유가 무대로 올랐다. 더욱 커다란 환호성이 쏟아졌다. 송지유가 마이크를 들고 종로의 봄을 부르기 시작하자 소란스러웠던 관객석이 고요함으로 물들었다. 아이돌 팬들이 대부분이었지만 모두 손을 흔들며 송지유의 노래에 빠져 있었다. 서로 다른 팬들이 한마음으로 다른 가수를 응원하는 장면은 쉽게 볼 수 없는 장면이었다.

'다들 우리 지유를 좋아하는구나.'

현우는 흐뭇한 얼굴로 무대와 관객석을 번갈아 쳐다보았다.

박수를 받으며 송지유의 무대가 끝이 났다. 송지유가 무대 아래로 내려올 필요도 없이 MC들과 가수들이 무대 위로 올라왔다. 송지유의 1위 경쟁 상대는 핑크플라워였다. 현우가 슥 고개를 돌려보니 저쪽 옆으로 이진태가 보였다. S&H의 매니저들은 핑크플라워의 1위를 확신하고 있는 것 같았다.

'핑크플라워가 1위를 한다고?'

벌써 일주일 넘게 종로의 봄이 음원 차트를 올킬 하고 있었다. 핑크플라워의 신곡 Baby Lover는 겨우 10위권 근처에 머물러 있는 수준이었다.

순간 오승석이 떠올랐다. Baby Lover는 오승석이 프로듀서 일을 관두려는 생각까지 품게 만들었던 이명훈의 스튜디오에서 녹음된 곡이었다. 그때 타이틀곡으로 Baby Lover 대신 GOGO Dance를 입에 올렸다가 오승석이 얼마나 큰 수모를 당했는지 아직도 기억이 생생했다.

'그러고 보니 승석이도 이를 갈고 있겠는데? 프로듀서와 프로듀서 간의 자존심 싸움이라 이건가? 재밌겠네.'

그뿐이 아니었다. 같이 대기실을 쓰고 있다가 쫓겨난 이진태가 현우를 죽일 듯이 노려보고 있었다. 무대 위에서도 송지유와 핑크플라워 간에 차가운 분위기가 흐르고 있었다. 1위 후보들인데도 멀찍이 거리를 두고 있는 모습이 확연하게 보였다.

"자! 그럼 이번 주 1위곡을 살펴볼까요? 전 떨려서 못 보겠어요. 민성 씨가 확인해 주세요!"

"네, 그럼 확인해 보겠습니다! 이번 주 1위곡은 과연?!"

이때까지만 해도 음악 방송은 집계 방식으로 1위를 선정했다. 총 4가지 분야에서 집계를 했는데 디지털 음원 점수와 음반 점수, 방송 점수와 시청자 선호도 점수가 존재했다. 하지만 연예계를 비롯해 대중들조차도 집계 방식의 공정성에 의문을 표하고 있는 실정이었다.

쉽게 예를 들자면 얼마 전에 대유행을 했던 여자 발라드 가수의 곡이 디지털 음원 점수와 음반 점수에서는 앞섰지만, 시청자 선호도 점수와 방송 점수에서 밀려 남자 아이돌 그룹 팬텀에게 1위 자리를 빼앗기고 말았다.

겉으로만 보면 별문제가 없어 보였지만 방송 점수와 시청도 선호도 점수라는 게 참으로 미묘했다. 당최 기준이 명확하지를 않았다. 방송 점수는 그렇다 쳐도 대한민국 국민 전체도 아닌, 일부 팬만을 보고 시청자 선호도 점수를 집계하는 것 자체가 어불성설이었다.

'그래서 저렇게 자신만만한 거였어.'

이진태가 보이고 있는 자신감은 다 나름 근거가 있어서였다. 어쨌든 집계가 마무리되었다.

"음."

현우가 얼굴을 구겼다. 핑크플라워의 방송 점수는 4,100점이나 되는 반면에 송지유는 0점을 기록하고 있었다. 시청자 선호도 점수에서도 송지유는 408점을, 핑크플라워는 842점을 기록했다.

무려 4,000점이나 넘게 차이가 나는 상황이었다. 핑크플라워의 멤버들이 안도의 한숨을 내쉬고 있었다.

하지만 그것도 잠시, 디지털 음원 점수와 음반 점수가 동시에 집계되었다. 핑크플라워와 이진태가 동시에 고개를 숙였다.

"그럼 그렇지."

현우는 픽 웃어버렸다. 당연한 결과였고, 괜한 걱정을 했나 싶었다. 송지유의 디지털 음원 점수와 음반 점수를 더하면 무려 20,000점이 넘었다. 하지만 핑크플라워는 두 점수를 합쳐도 5,000점을 넘기지 못했다. 총 득표수가 무려 두 배나 차이가 났다. 송지유가 압도적인 차이로 핑크플라워를 꺾은 것이었다.

꽃가루가 뿌려지고 관객들과 동료 가수들의 축하 인사가 쏟아졌다. 송지유는 1위 트로피를 들고 희미하게나마 눈물을 글썽이고 있었다.

"소감 한마디 말씀해 주세요! 지유 씨!"

"네. 먼저 응원해 주시는 팬 여러분들 감사합니다. 할머니랑 내 동생 유라도 고마워. 이제 고생 안 시킬 거야. 그리고 은정이랑 친구들도 고마워. 마지막으로 현우 오빠."

송지유가 꽃다발을 내려놓고 현우를 찾았다. 무대 아래에 있던 현우가 번쩍 손을 들었다. 현우를 발견한 송지유의 눈이 초승달처럼 휘어졌다.

"현우 오빠, 고마워요. 오빠가 아니었으면 난 아무것도 아니었을 거예요. 오빠는 진짜 좋은 사람이에요. 그리고 내 매니저라서 너무 고마워요. 내 마음 알죠?"

순간 무대 위의 분위기가 미묘해졌다. 하지만 다행스럽게도 종로의 봄이 흘러나오기 시작했다. 현우는 종로의 봄을 부르고 있는 송지유를 보며 뿌듯하면서도 묘한 감정이 들었다. 그러면서도 왠지 불안했다.

'평소답지 않게 살갑기는 한데, 설마 이거 가지고 무슨 일이야 생기겠어?'

현우는 그냥 대수롭지 않게 생각을 했다. 1위 트로피를 들고 있는 송지유만큼이나 현우도 기뻤기 때문이었다.

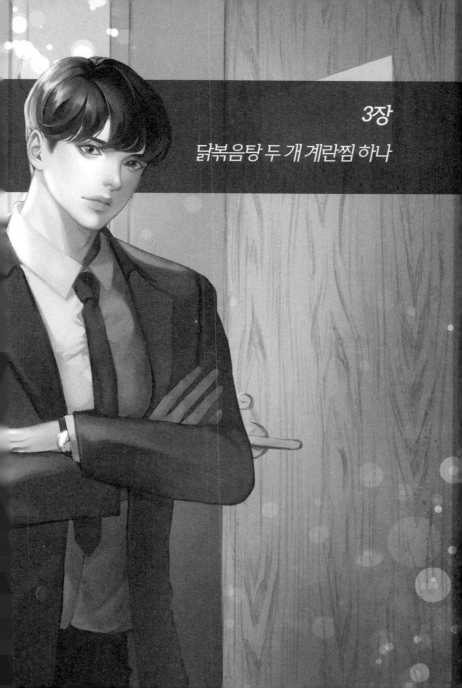

3장

닭볶음탕 두 개 계란찜 하나

현우는 버스 뒷좌석에 앉아 핸드폰을 들여다보고 있었다. 송지유의 음악 방송 1위와 관련된 기사들이 주요 포털 사이트를 장식하고 있었다.

[송지유! 음원 차트 올킬에 이어 데뷔 무대에서 1위 달성!]
[지금 대한민국은 국민 소녀 송지유 시대!]

음악 방송 데뷔와 동시에 1위를 차지한 송지유였다. 반응은 폭발적이었고, 당연하다는 반응이 대다수였다. 하지만 현우는 마냥 기뻐할 수만은 없었다. 송지유의 1위 수상 소감을 두고 많은 논란이 벌어지고 있었다.

[송지유 수상 소감에서 밝힌 매니저는 대체 누구?]
[얼음 인형 송지유. 매니저에게는 전혀 다른 모습?]
[누가 국민 소녀를 웃게 했나? 대중들은 그가 궁금하다.]

"후우. 미치겠네."

곤란했다. 워낙에 송지유가 대세다 보니 열애와 관련된 추측성 기사는 아직까지는 올라오지 않고 있었다. 한데 문제는 주요 커뮤니티들이었다. 현우도 가입되어 있는 대형 축구 커뮤니티에서도 송지유의 수상 소감이 담긴 게시글이 폭발적인 조회 수를 기록하고 있었다.

38454 현재 논란이 되고 있는 송지유 수상 소감 장면.jpg
ㄴ매니저 전생에 나라 구했냐?
ㄴ내가 볼 때는 둘이 뭐 있음.
ㄴ무형 보니까 매니저 키 크고 잘생겼던데. ㅠㅠ
ㄴ부럽다. 나도 매니저나 해볼걸.
ㄴ그냥 친한 걸로 보이는데?
ㄴ다들 여동생이나 누나 없음? 설레발 ㄴㄴ

ㄴ근데 저렇게 웃는 거 처음 봄. 진짜 설렌다.

ㄴ매니저는 저런 모습 매일 볼 텐데. 부럽네요.

ㄴ여왕님께서 웃으셨다! 다들 기뻐하라!

댓글들도 의견이 분분했다. 그리고 다른 커뮤니티들로 송지유의 수상 소감 장면이 들불처럼 번지고 있었다. 이러다 열애설이라도 터지게 되면 정말 큰일이 나고 만다. 여자 연예인에게 가장 치명적인 스캔들이 바로 열애설이다.

"⋯⋯."

현우는 입술이 바짝 탔다. 그리고 억울한 면도 있었다. 다른 여자 아이돌들도 수상 소감으로 매니저를 언급하며 별의별 말을 다하곤 한다. 24시간 내내 붙어 있는 직업의 특성상 연예인과 매니저는 가까울 수밖에 없다.

특히 연령대가 어린 여자 가수들은 매니저를 친오빠처럼 의지하곤 했다.

하지만 그 대상이 송지유라는 점에서 대중들은 전과는 다른 반응을 보이고 있었다. 무모한 형제들을 통해 대중들에게 알려진 송지유는 차가워 보이는 외모만큼이나 도도하고 고고한 성격을 가지고 있는 것으로 인식이 되어 있었다.

얼음 인형이니 여왕님이니 하는 여러 별명들도 생겨났다. 그런데 그런 송지유가 수상 소감을 밝히며 현우를 언급했고,

환하게 미소를 짓기까지 했다. 현우가 생각하기에도 논란이 되고 화제가 되는 것이 당연했다.

순간 이진이가 소개해 준 이진희 기자가 떠올랐다. 이진희는 이진이의 동생으로 저번에 송지유의 디지털 싱글 앨범 발매 독점 기사를 썼던 기자였다.

'해명 기사라도 써달라고 부탁을 해볼까?'

이진희가 소속되어 있는 한국 신문은 고려 일보도 한 수 접고 들어갈 정도로 큰 신문사였다. 잠깐 고민을 하던 현우는 고개를 저었다. 이진이의 동생이라 어느 정도 신뢰는 할 수 있었지만 기자란 존재는 기브 앤 테이크가 생활화되어 있는 사람들이었다. 굳이 신세를 지고 싶지는 않았다.

'열애설? 터져도 상관없어.'

현우는 마음을 비웠다. 커다란 인기와 관심을 받고 있는 상황에서 이 정도 홍역은 당연한 수순이라는 생각이 들었다. 앞으로 언론과 연예계는 물론이고 대중들도 송지유의 일거수일투족을 주목할 것이다.

벌써부터 이런 작은 일에 흔들릴 수는 없다는 생각이 들었다. 다행히 포털과 커뮤니티들의 반응이 나쁘지 않았다. 송지유를 향한 대중들의 사랑이 커서 무엇을 하든 좋은 쪽으로만 반응을 하고 있었다.

연남동에서 출발한 버스는 강남으로 향하고 있었다. 아직 도착하려면 시간이 좀 남아 있었다. 현우는 김은정에게 포털과 커뮤니티들을 모니터해 달라는 메시지를 남겼다. 그런 후에야 쓰고 있던 모자를 깊게 내리고 두 눈을 감았다.

＊　　　＊　　　＊

실내 포장마차 안으로 들어가니 손태명이 약속 시간보다 일찍 도착해 있었다. 현우를 발견한 손태명이 번쩍 손을 들었다.

"현우야! 여기!"

"회사에서 잘린 놈 맞아? 얼굴이 왜 이렇게 반질반질해?"

현우는 자리에 앉자마자 손태명을 타박했다. 손태명은 그냥 웃기만 했다.

"S&H 다닐 때는 하루하루가 스트레스였거든? 근데 나오고 나니까 마음은 편해."

"하여간 태평하긴. 일단 한 잔 해."

현우와 손태명이 소주 한 잔씩을 주고받았다. 포장마차 이모가 얼큰한 닭볶음탕을 내왔다. 현우가 커다란 닭다리를 손태명의 그릇에 덜어주었다.

"맛있냐?"

"응. 진짜 맛있다. 저번에 매니저들끼리 회식 왔을 때는 무슨 맛인지도 몰랐거든? 근데 이게 이렇게 맛이 있었구나."

손태명이 씁쓸한 목소리로 말했다. 현우는 말없이 손태명을 바라보았다. S&H에서의 짧았던 매니저 생활이 상당히 힘이 들었던 모양이다. 서로 소주 한 잔씩을 더 주고받은 후에 현우가 슬쩍 입을 열었다.

"무슨 일이 있었던 건데?"

"그게 말이야. 부당한 대우를 받았어. 참으려고 했는데 도저히 못 참겠더라고."

"부당한 대우? 이진태가 그랬냐?"

이진태가 거론되자 손태명의 얼굴이 어두워졌다.

"이진태도 비겁한 놈이었는데 강철태 실장 그놈이 진짜 나쁜 놈이었어."

"강철태 실장?"

현우의 얼굴에 균열이 생겼다. 익숙한 이름이었다. 과거로 돌아오기 전, 현우는 S&H의 매니지먼트 3팀에서 짧은 매니저 생활을 했다. 아버지가 사기를 당하는 바람에 S&H를 그만두기는 했지만 강철태는 그때 매니지먼트 3팀의 팀장이었다.

'그 자식이 매니지먼트 2팀 팀장도 아니고 실장까지 하고 있다고?'

현우는 기분이 좋지 않았다. 강철태의 성격은 현우도 잘 알고 있었다. 추진력이 좋고 기획력이 뛰어난 사람이지만 거칠

고 자기중심적인 성격이 문제였다. 현우가 발굴한 신인 여배
우를 자신의 공으로 가로챈 사람이기도 했다. 그때만 생각하
면 아직도 치가 떨렸다.

'강철태가 매니지먼트 2팀 실장이 되면서 태명이도 꼬여 버
린 거였어.'

과거로 돌아오기 전의 기억대로라면 손태명은 매니지먼트 2팀
의 막내 매니저로 시작해서 핑크플라워를 가요계의 정상에 올려
놓는다.

핑크플라워가 어떤 그룹인가? 트러블메이커 이혜미가 무려
센터다. 메인 보컬 전소정도 히스테리가 보통이 아니었다. 그런
애들을 달래고 때로는 혼내며 정상급 걸 그룹으로 키운 것이
손태명이었다. 그 능력을 인정받아 손태명은 매니지먼트 2팀의
팀장들을 총괄하는 최연소 기획 팀장이 된다.

"후우. 너도 참. 꼬일 대로 꼬였구나."

현우는 손태명의 처지가 안타까웠다.

"그럼 이제 어떻게 할 건데? 다른 기획사 생각해 둔 곳은 있
냐?"

"아니. 나 매니지먼트 쪽 일은 그만두려고."

"그만둔다고?!"

현우는 크게 놀랐다.

"응. 난 재능도 없는 것 같고, 어차피 S&H도 너 때문에 면

접 본 거였잖아. 그냥 부모님 말씀대로 회사 들어가야지. 여러모로 안정적이잖아. 그나저나 네가 부럽다. 송지유 지금 장난 아니잖아. 어울림도 회사 커지는 건 시간문제일 것 같고, 축하한다. 친구야."

"으음……."

현우는 복잡한 심정이었다. 손태명은 과거로 돌아오기 전이나 지금이나 현우에게 있어서는 좋은 친구였다. 그런 친구가 재능을 펴보지도 못 하고 꿈을 접으려 하고 있었다. 그렇다고 해서 현우는 손태명의 미래에 개입할 생각은 전혀 없었다. 과거로 돌아오면서 현우가 결심한 것이 하나 있다면, 주변 사람들의 인생에 함부로 개입을 하지 않겠다는 것이었다. 그 책임감의 무게를 현우는 잘 알고 있었다.

"근데 현우야. 친구로서 부탁 하나만 하자."

"말해봐."

"사실 부당한 대우는 내가 받은 게 아니야."

현우의 눈썹이 꿈틀거렸다. 이건 또 무슨 소리란 말인가. 손태명이 말을 이어갔다.

"핑크플라워가 프로젝트 그룹이잖아. 졸업이랑 입학 제도 때문에 2군 애들이 있었거든. 내가 관리하는 애들이었어. 근데 강철태 그놈이 일방적으로 우리 애들을 죄다 방출해 버렸어. 너도 알잖아. 연습생들은 계약서 없다는 거. 그래서 다른 기획사들 몇 군데 알아보기는 했는데 큰 기획사들은 서로 눈치 때문에 방출한 연습생들 데리고 가는 거 꺼려 하잖아. 그렇다고 어린애들을 믿을 수도 없는 기획사로 보낼 순 없는 일이고… 이상한 데로 우리 애들 굴리면 큰일이잖아."

"2군 애들을 방출한 이유가 뭔데? 걔네도 S&H 연습생이잖아. 2군 멤버들이긴 해도 어쨌든 지금 핑크플라워 애들 졸업하면 다음 타자로 들어가는 거 아니었어?"

"그게, 파벌 싸움 때문에 그런 것 같아."

"파벌?"

현우는 기가 찼다.

"응. 사실 2군 애들이 매니지먼트 1팀 출신들이거든. 나도 막내라 자세히는 모르지만 요즘 1팀이랑 2팀 사이 분위기가 좋지 않아. 강철태가 독단적인 행동을 벌일 때도 많고."

현우는 문득 오늘 만났던 이석우 실장이 떠올랐다. 그는 매니지먼트 1팀의 실장이다.

"이장호 회장은 뭐 하는데? 가만히 보고만 있어?"

"이건 S&H 내에서는 공공연한 비밀인데, 사실 회장님은 실질적인 경영에서 물러난 지 오래야. 내가 듣기로는 혼자 유럽여행이나 다닌다더라. 그래서 1팀 실장이랑 강철태 그놈이랑 사사건건 부딪치는 모양이야."

"하아. 이건 뭐 정치판도 아니고. 하여간 헬조선답네."

"헬… 뭐? 그게 무슨 뜻이야?"

"아니야. 그냥 혼잣말한 거야. 그래서 나한테 애들 맡기려는 거냐, 설마?"

"웅. 맞아."

"야! 우리 회사 수준 알잖아? 이제 시작이야. 이제 시작이라고. 응?"

"잘 알지. 송지유 빵 떴잖아. 음원 차트 난리 났고, 오늘 음악캠프에서도 1등 했잖아. 음원 수입도 어마어마할 거고 광고도 물밀 듯이 들어올 거고, 솔직히 너 이제 돈만 쓸어 담으면 되는 거 아니야? 그리고 너 대학 다닐 때도 만날 걸 그룹 만든다고 그랬잖아."

손태명의 말에 현우는 말문이 턱 막혔다. 구구절절 맞는 말뿐이었다.

"너 오늘따라 쓸데없이 왜 이렇게 기억력이 좋아? 그리고 상황 판단이 그렇게 잘되는 놈이 매니지먼트는 왜 그만두는데?"

현우가 다각도에서 따지고 들었다. 매니저 그만두고 직장에 들어간다는 녀석이 뜨거운 열정을 토해내고 있었다.

"일단 우리 애들 한 번만 봐봐. 너도 마음에 들 거야. 지금 밖에 있어."

"야! 야!"

현우가 더 말릴 새도 없이 포장마차 문이 열리고 연습생들이 들이닥쳤다. 총 네 명이었다. 귀여운 분위기의 아이가 세 명이었고 한 명은 귀여운 분위기이긴 했지만 콜라병 같은 몸매가 두드러졌다.

"안녕하세요! 핑크플라워! 아, 아니, 뭐라고 소개를 하지?"

"바보야! 그냥 이름 말하면 되잖아!"

"저, 저는 배하나입니다! 열여덟 살입니다! 그리고 여기 제 친구들은……."

배하나가 당혹스러운 얼굴로 말을 끊었다. 귀여운 아이들이 차례로 현우의 앞으로 섰다.

"김수정입니다!"

"이지수입니다!"

"유지연입니다!"

연습생답게 군기들이 보통이 아니었다. 인사를 마친 아이들은 멀뚱멀뚱 현우를 바라보고 있었다.

"어. 그래. 안녕? 어… 반갑고, 나는 김현우라고 태명이 친구야."

"저희 무형에서 매니저님 봤었어요!"

배하나가 번쩍 손을 들고 말했다.

"그, 그래. 고맙다. 일단 앉아. 밥 안 먹었지? 이모! 닭볶음탕 대 자로!"

"두 개요!"

"그럼 두 개 가져다주세요."

배하나가 끼어들어 현우는 얼떨결에 닭볶음탕 대 자를 두 개나 시켰다. 김수정과 이지수, 유지연이 눈동자를 동그랗게 떴다.

"바보야! 두 개나 시키면 어떻게 해? 실례잖아!"

"진짜 저 돼지! 우리 이미지 어떻게 할 거냐고!"

"아까 태명 오빠가 돈가스 사줬잖아."

서로 속닥거리며 난리가 났다. 현우는 어안이 벙벙했다. 진지했던 분위기가 아이들이 등장하고 나서는 산으로 가고 있었다.

"죄송해요. 초면에 닭볶음탕 두 개나 시키고… 저 때문에 기분 나쁘셨죠?"

배하나가 울상을 했다. 아니, 진짜 울려고 했다. 그런데 갑자기 다른 세 아이들이 눈물을 흘리기 시작했다. 현우가 어어… 하는 사이 배하나까지 눈물을 흘리기 시작했다. 별안간 네 명의 여자아이들이 닭똥 같은 눈물을 뚝뚝 흘리고 있었다.

"얘, 얘들아. 왜 그래?"

손태명이 당황한 얼굴로 애들을 달랬다. 결국 현우가 나섰다.

"괜찮아. 닭볶음탕 두 개 시킨 게 어때서? 난 괜찮은데? 나 오늘 하루 종일 굶었거든. 너희도 성장기니까 많이 먹으면 좋지. 뚝 하자. 뚝. 응?"

아이들은 그동안 겪었던 서러움이 폭발했는지 계속해서 눈물을 흘렸다. 현우는 결국 초강수를 두기로 했다.

"계란찜도 하나 시켜줄까?"

계란찜을 주문하자 신기하게도 아이들이 울음을 그쳤다.

"음료수도 하나씩 마시자."

음료수라는 말에 아이들이 눈물을 닦기 시작했다.

"죄송해요. 하나가 무례했죠? 제가 사과드릴게요."

하얗고 동그란 얼굴에 커다란 눈동자와 보조개가 인상적인 김수정이 꾸벅 고개를 숙이며 사과를 해왔다. 뭐랄까. 차분하고 어른스러운 분위기를 보니 아이들을 이끄는 것 같았다. 목소리도 좋았다. 꼭 성우 같은 느낌이 들었다.

"많이들 먹어. 부담 가질 것도 없고, 그냥 나를 태명이 친구라고 생각해."

현우의 부드러운 목소리에 아이들이 많이 진정이 되었다. 현우는 이제야 아이들을 살펴보기 시작했다.

배하나는 160㎝ 근처의 아담한 체구를 가진 다른 아이들과 다르게 족히 167㎝ 정도는 되어 보였다. 쭉 뻗은 다리에 골반이 크고 허리가 얇았다. 아직 젖살이 통통했지만 동양적이면서도 서구적인 이목구비에 쌍꺼풀 없이도 눈동자가 컸다. 여배우의 어린 시절 같은 느낌이 물씬 풍겼다.

'그렇다는 건 S&H에서 센터로 세우려고 키웠다는 거지.'

이지수는 아담한 체구와 다르게 귀여우면서도 새침한 스타일의 마스크를 가지고 있었다. 전체적으로 고양이를 연상시켰다. 가만히 있는데도 통통 튀는 분위기가 느껴졌다.

마지막으로 유지연은 분위기 자체가 독특했다. 귀여운 얼굴에 신비로운 느낌이 물씬 풍겼다. 그리고 유난히도 피부가 하얗고 투명했다. 무엇보다도 김수정과 자매라고 해도 될 정도로 비슷한 점이 많았다.

"어때? 우리 애들 예쁘고 귀엽지?"

손태명이 조심스럽게 물었다. 아이들이 기대감 어린 시선으로 현우를 바라보고 있었다. 간절한 눈빛들이 쏟아지자 현우는 당황스러우면서도 그런 아이들이 귀여웠다.

"그래. 귀엽고 예쁘네."

노심초사하던 아이들의 얼굴이 밝아졌다. 때마침 닭볶음탕 두 개와 계란찜 하나, 그리고 음료수 4병이 나왔다.

"와아!"

아이들이 한목소리로 탄성을 질렀다. 배하나를 제외하고는 다들 삐쩍 마른 것이 안쓰럽기만 했다.

"얼른 먹어라. 식겠다."

"네!"

아이들이 한목소리로 외치며 닭볶음탕을 먹기 시작했다.

"……."

그런데 식성들이 보통이 아니었다. 송지유도 식성이 좋은 편이었지만 이 정도는 아니었다. 춤을 추는 연습생들이라 그런지 자그마한 입으로 음식들을 구겨 넣고 있었다.

닭볶음탕 대 자 두 개와 계란찜이 20분 만에 사라졌다. 음료수를 마시며 아이들이 만족스러운 얼굴을 하고 있었다. 현우는 그저 아이들이 귀엽기만 했다.

"막잔 하자."

현우와 손태명이 나란히 소주잔을 비웠다. 다시 분위기가 무거워졌다. 손태명이 말없이 소주잔을 들여다보기만 했다. 덩달아 아이들도 무거운 얼굴들을 했다. 잠시 망설이던 손태명이 현우를 똑바로 쳐다보았다.

"현우야. 내 부탁 들어줄 수 있어? 우리 아이들, 네가 맡아 줬으면 해. 부탁이다."

드르륵. 대답을 하려던 찰나 타이밍 좋게 핸드폰이 울렸다. 김은정이었다.

"잠깐 통화 좀 하고 올게. 뭐라도 더 먹고 있어."

"그럼, 잔치 국수……."

배하나가 기어들어 가는 목소리로 중얼거렸다. 현우가 픽 웃으며 주방 쪽으로 소리쳤다.

"잔치 국수 다섯 개 주세요!"

포장마차 밖으로 나가자마자 현우는 김은정에게 전화를 걸었다.

"응. 은정아."

―오빠! 빨리 인터넷 보세요!

"뭔데?"

김은정의 다급한 목소리에 현우는 등골이 오싹했다. 설마 열애설이 터졌나 싶었다.

―빨리요! 깜짝 놀랄 거예요! 끊을게요!

일방적으로 통화가 끝이 났다. 현우는 서둘러 포털 사이트를 들여다보았다.

[얼굴도 마음도 훈훈한 송지유 매니저 화제!]

[얼음 인형 송지유, 알고 보니 마음 따뜻한 국민 소녀?]

포털 1면에 올라와 있는 기사 제목을 보는 순간 현우는 여고생 아이가 떠올랐다.

'일단 기사부터 확인해 보자.'

기사 속 동영상을 재생시켰다. S&H와 다른 기획사의 매니저들이 몰려드는 팬들을 무지막지하게 밀어 넣고 있었다. 그리고 그때 현우가 나타나 매니저들을 만류하고 뒤이어 송지유까지 나타나 팬들을 감싸고 있었다. 그뿐이 아니었다. 기사는 여고생 아이의 SNS까지 보여주고 있었다. 넘어져서 다친 무릎을 치료해 줬다는 글과 함께 대기실에서 송지유와 함께 찍은 사진이 여러 장 올라와 있었다. 또 함께 피자나 김밥, 떡볶이를 먹는 사진도 올라와 있었다. 사진 속 송지유는 평소 방송에서의 모습과는 다르게 따뜻한 미소를 짓고 있었다.

커뮤니티들도 이번 일 때문에 난리가 나 있었다. 그리고 인터넷에 올라와 있는 동영상 파일들은 한두 개가 아니었다. 공개홀에서 방청을 기다리던 여러 팬들이 핸드폰으로 현우와 송지유를 찍어주고 있었던 것이다.

차가운 외모와 성격 탓에 송지유가 실제로는 싸가지가 없을 것이라 말하던 일부 안티 팬들까지도 기존의 팬들과 함께 송지유의 인성을 칭찬하고 있었다. 덩달아 현우까지도 화제가 되었다. 덕분에 송지유와 현우의 관계를 의심하던 글들은 싹 묻히고 말았다.

현우가 씩 웃었다. 위태위태하던 상황이 단번에 뒤집히고 말았다. 오히려 송지유의 이미지가 더욱 좋아졌다. 기사나 커뮤니티 글마다 여왕님은 관대하다, 라는 댓글들이 달리고 있었다.

'하. 이 녀석 참 기특하네. 이름이 민지라고 했지?'

여고생 아이가 대견했다. 핸드폰으로 동영상을 남겨준 여러 팬들도 고마웠다. 현우는 고마운 마음에 김은정에게 번호를 물어 여고생 아이에게 고맙다는 메시지를 남겼다.

현우가 다시 자리로 돌아왔다.

"미안. 통화가 좀 길었지? 그나저나 국수는… 다 먹었구나."

잔치 국수 그릇이 싹 비어져 있었다. 아이들의 만족스러운 얼굴을 보니 왠지 뿌듯했다.

"저… 현우야. 어떻게 할 거야? 우리 애들 데리고 가줄 수 있을까?"

현우는 팔짱을 끼고는 생각에 잠겼다. 걸 그룹을 기획하고 있기는 했다. 하지만 오늘의 일은 현우 입장에서도 갑작스러운 일이었다. 본래 현우의 계획은 송지유를 정상에 올려놓고 어울림이 자리를 잡은 후에 걸 그룹을 육성하는 것이었다.

현우는 다시 네 아이들을 살펴보았다. 핑크플라워의 2군 멤버들인 아이들이었다. 기존의 멤버가 졸업을 하면 이 아이들이 핑크플라워에 합류를 하게 되는 형식이긴 했지만, 현우는 미래를 기억하고 있었다. 핑크플라워는 같은 멤버로 계속 간다. 여기 이 아이들은 현우의 기억 속에서는 존재하지 않는다. 그렇다는 것은 연습생 생활을 그만두고 일반인으로 돌아가 평범한 삶을 살았다는 이야기가 된다.

'냉정하게 생각해 보자.'

현우는 꼼꼼하게 아이들을 살폈다. 현우가 알고 있는 미래에 이 아이들이 존재하지 않는다고 해서 함부로 단정을 지을 생각은 전혀 없었다. 그렇다고 지금 이 자리에서 섣불리 결정을 내릴 생각도 없었다.

"일단 내일 오전에 우리 회사로 애들 데리고 와라."

"정말? 진짜지?! 고맙다! 현우야!"

손태명이 함박웃음을 지었다. 네 아이들도 꺅꺅거리며 난리가 났다. 현우는 쓰게 웃었다.

"확정은 아니야. 명색이 연습생들인데 오디션은 봐야지. 오디션 보고 결정할게."

조금 냉정하게 들릴 수도 있는 말이었지만 손태명은 연신 고개를 끄덕거렸다. 네 아이들도 헤헤 웃고 있었다.

*   *   *

집으로 돌아온 현우를 부모님이 기다리고 있었다. 거실에 놓인 테이블로 맥주 몇 병과 마른안주들이 놓여 있었다.

"아직 안 주무셨어요?"

"아들. 왔어? 우리 무모한 형제들 보고 있었어."

"또 보고 계셨어요?"

최정희는 틈만 나면 무모한 형제들의 재방송을 챙겨봤다.

"보고 또 봐도 지유도 예쁘고 우리 아들도 기특해서 그러지."

"현우야. 너도 맥주 한잔해라."

"그럴까요? 오랜만에 아버지가 한 잔 따라주세요."

맥주잔으로 시원한 맥주가 가득 채워졌다. 건배를 하고 현우는 단번에 맥주를 들이마셨다. 그런 현우를 김형식과 최정희가 대견한 눈빛으로 바라보고 있었다.

"현우야."

"예. 아버지."

"너도 이제 독립을 해야 할 것 같구나."

"예? 독립이요?"

갑작스러운 아버지의 말에 현우는 눈을 크게 떴다.

"집에서 나가라는 건 아니다. 회사를 독립하라는 이야기다."

"어유. 그렇게 말하면 현우가 놀라잖아요."

"하하. 그런가?"

현우는 어리둥절했다. 이미 두 분이서 결정을 내리고 통보를 하고 있는 수순이었다. 김형식이 봉투 하나를 테이블 위로 턱 올려놓았다.

"이게 뭐예요, 아버지?"

"열어봐."

현우는 슥 봉투를 열어보았다.

"아버지?!"

현우는 크게 놀랐다. 100만 원짜리 수표들이 수십 장이나 들어 있었다. 김형식이 현우의 어깨를 다독이며 입을 열었다.

"그동안 이 아버지가 네 몫으로 모아놓은 돈이다. 3천만 원밖에 안 되지만 요긴하게 쓸 수 있을 거다."

"이렇게 큰돈을 왜 저를 주세요? 이제 지유도 잘되고 있고 저도 돈 많이 벌 수 있습니다. 저 이 돈 못 받아요. 그동안 키워주셨는데 제가 해드려야죠."

"괜찮아. 넌 자격이 있다. 네 형 고시 공부 뒷바라지한다는 명목으로 현우 네가 고생이 많았어. 용돈 달라는 소리도 안 하고 대학도 장학금 받아서 다니고, 또 이렇게 아버지한테 성공하는 모습까지 보여주지 않았니? 그러니 아버지, 어머니 입장에서 너한테 뭐라도 해줘야 하지 않겠어? 그러니까 부담 가질 필요 없다. 어울림이라는 회사 이름도 너에게 물려주마. 한번 네가 하고 싶은 대로 원 없이 해보거라."

"회사 이름을 저한테 주시면 아버지는요?"

"걱정할 거 없어. 회사 이름이야 또 지으면 그만이야. 나랑 훈이 그 녀석은 사람 냄새 나는 밤무대가 좋다. 그러니까 괜히 설득할 생각은 말거라. 너는 네 식구들 데리고 너만의 길을 가야지."

"……."

현우는 가슴 한쪽이 찌릿했다.

봉투 속에 담긴 3천만 원은 현우가 과거로 돌아오기 전, 아버지 김형식이 유령 업체에 사기를 당했던 바로 그 돈이었다. 그리고 이 돈이 현우를 위해 두 분이서 악착같이 모아온 돈이라는 것도 잘 알고 있었다.

'내가 이 돈을 받아도 될까?'

현우는 고민이 되었다. 자식들 키우느라 변변한 여가 생활 한번 제대로 못 해본 부모님이었다.

"정 부담이 되면 나중에 갚아도 된다."

"아버지… 그럼 2년 내로 두 배, 아니, 열 배로 갚아 드릴게요."

"하하. 현우야, 남아일언중천금이라고 했다. 열 배면 3억이야. 3억."

"그럼 3억으로 돌려 드릴게요."

현우가 씩 웃으며 말했다.

"아이고. 우리 막내아들 덕분에 이 엄마 호강하겠네?"

최정희가 환하게 웃으며 말했다.

방으로 돌아온 현우는 책상 위에 놓인 봉투를 보며 생각에 빠져 있었다. 3천만 원이면 지금 회사 건물보다 훨씬 깨끗하고 넓은 건물로 옮길 수가 있었다. 마침 5분 거리에 신축 건물이 완공되었다.

'일단 거기로 이사를 하자.'

회사를 옮기면 지금보다는 훨씬 환경이 좋아진다. 괜스레 떨리고 기분이 좋았다.

코코넛 톡! 그때 갑자기 메시지 하나가 왔다.

송지유인가 싶어 현우는 얼른 핸드폰을 열어 보았다. 코코넛 톡 메시지를 보낸 사람은 송지유가 아니라 여고생 아이였다. 재밌게도 프로필 대화명이 민지인형이었다. 송지유의 별명을 따라했나 싶어서 현우는 피식 웃었다.

[민지인형: 매니저 오빠! 인사도 못 하고 가서 미안해욥]

[김현우: 아냐 잘 들어갔으면 된 거지 그리고 너 때문에 살았다 고마워]

[민지인형: 고마우면 제 부탁 하나 들어주실 수 있을까요?]

[김현우: 무슨 부탁인데?]

[민지인형: 친구가 아이돌 지망생인데요... 오디션에서 다 떨어져서...]

[김현우: 그래서? 오디션 보게 해달라고?]

[민지인형: 넵! 제 친구 춤 잘 추고 노래도 잘해요!]

[김현우: 그럼 내일 우리 회사로 친구 데리고 와]

어차피 내일 오전에 손태명과 핑크플라워 2군 아이들이 찾아오기로 되어 있었다. 여고생 아이의 공도 있고 해서 현우는 흔쾌히 허락을 했다.

[민지인형: 아싸! 그럼 친구 사진 보내드릴게요!]
[김현우: 아냐 그럴 필요는 없어 어차피 내일 볼 텐데 뭐]
[민지인형: 사진]

벌써 사진이 올라왔다. 현우는 사진 파일을 클릭했다. 그리고 그 순간 현우가 핸드폰을 툭 떨어뜨리고 말았다.

등 뒤로 소름이 쫙 돋았다. 얼마 전 지하철 입구에서 보았었던 모범생 소녀가 사진 속에서 브이 자를 그리며 웃고 있었다.

*   *   *

'설마 그 아이를 이렇게 다시 보게 될 줄이야.'

3층 사무실 책상에 앉아 현우는 생각에 잠겨 있었다. 지하철 입구에서 우연한 계기로 보게 된 소녀였다. 그때는 안타깝게도 소녀를 놓치고 말았다. 반쯤 포기 상태였는데 하필 최민지라는 아이의 친구였다.

'기막힌 인연이야.'

아무런 대가도 바라지 않고 무릎을 다친 여고생 아이를 치료해 주었다. 순수한 호의가 놓쳐 버린 소녀를 다시 만나게 해 주었다는 생각에 현우는 절로 미소가 지어졌다.

아직까지도 소녀를 휘감고 있었던 황금빛 후광이 생생하게 기억났다. 황금빛 후광을 보았던 건 이번이 처음이 아니었다. 송지유에게서도 황금빛 후광을 보았었다. 그렇다는 것은 그 소녀가 송지유만큼이나 커다란 잠재력을 가지고 있다는 말이 된다.

'대체 어떤 아이일까?'

현우는 기대가 컸다.

딸랑. 사무실 문이 열리고 오승석이 나타났다. 오늘 오디션을 앞두고 현우는 오승석을 불렀다. 오승석은 메이저 프로듀서인 이명훈 밑에서 3년 동안이나 보조 일을 도맡아 했다. 걸 그룹에 대해선 오승석이 전문가라고 할 수 있었다.

"아직 도착 안 했나 보네?"

"곧 올 거야. 조금 전에 근처에 도착했다고 연락 왔었거든."

"그래? 후우. 괜히 떨린다. 현우야."

오승석이 한껏 들뜬 얼굴을 하고 있었다. 송지유가 음원 차트를 올킬하며 가요계의 판도를 바꾸고 있기는 했지만, 그래도 아직 가요계는 걸 그룹을 중심으로 돌아가고 있었다. 프로듀서인 오승석도 걸 그룹 제작에 굉장히 큰 관심을 가지고 있었다.

"핑크플라워 2군 멤버들이라며? S&H 출신 연습생들이면 확실히 기대를 해볼 만해."

"일단 나는 내 눈으로 직접 확인을 해봐야겠어."

"그건 맞는 말이야. 그래도 기대가 되는 건 어쩔 수 없네. 어? 온 거 같은데?"

손태명과 아이들이 나타났다. 아이들이 우르르 들어와 일렬로 섰다.

"안녕하세요! 배하나입니다!"

"김수정입니다!"

"이지수입니다!"

"유지연입니다!"

인사성 하나는 참 밝았다.

"오느라 고생들 했어."

"어제 저녁 사주신 거 진짜로 맛있었어요! 감사합니다!"

배하나가 또 꾸벅 고개를 숙였다. 현우는 피식 웃으며 손태명을 바라보았다. 밝은 표정의 아이들과 달리 손태명은 잔뜩 긴장을 하고 있었다.

"왔냐."

"응. 그 옆에 분은 누구야?"

"아. 소개를 안 했네. 우리 어울림 프로듀서야. 오승석이라고 우리랑 동갑이다. 나랑은 친구 하기로 했으니까 차차 말 놓기로 하고… 일단 인사들 해."

오승석이 자리에서 일어나 손태명과 손을 맞잡았다.

"오승석입니다. 현우한테 가끔 이야기 들었어요."

"손태명입니다. 오늘 우리 애들 잘 좀 봐주세요. 승석 씨."

"네. 최대한 그럴 생각입니다."

간단하게 통성명이 끝났다.

딸랑. 또 사무실 문이 열렸다. 그리고 전혀 의외의 인물이 나타났다. 송지유였다. 김은정도 함께였다. 민낯에 캐주얼한 옷차림이었지만 송지유는 빛이 났다. 아이들이 와아, 감탄사를 내뱉었다.

현우가 어리둥절한 얼굴을 했다.

"지유야, 너 여긴 왜 온 거야?"

"왜요? 내가 오는 거 싫어요?"

차가운 말 속에서 가시가 느껴졌다. 현우는 머리를 긁적였다.

"그건 아니고 곧 바빠질 텐데, 푹 쉬고 있지 그랬어."

"이것도 휴식의 일종이에요. 그렇지, 은정아?"

"응! 맞아!"

"옆에 앉을래요."

송지유가 현우의 옆으로 밀착해서 앉았다. 도도하게 다리를 꼬고는 송지유가 아이들을 향해 입을 열었다.

"안녕? 만나서 반가워."

"아, 안녕하세요!"

아이들이 동시에 입을 모아 소리쳤다. 갑작스러운 송지유의 등장에 아이들은 흥분을 했는지 얼굴이 발그레해져 있었다.

"현우야. 그럼 지유 씨도 그… 심사 보는 거야?"

손태명이 물었다. 현우 대신 송지유가 입을 열었다.

"현우 오빠 친구분이라고 하셨죠?"

"네. 맞아요. 손태명이라고 합니다. 실제로 보니까 지유 씨는 더 예쁘시네요."

"감사합니다. 그리고 전 그냥 구경 온 거예요. 신경 쓰지 마세요."

송지유는 싱긋 미소까지 지어 보였다. 송지유가 이렇게까지 나오니 현우도 더 뭐라고 말을 할 수가 없었다. 차라리 잘됐다는 생각도 들었다. 송지유와 김은정의 의견을 들어보는 것도 나쁘지 않을 것 같았다.

"음. 그럼 준비한 것들 보여줄래?"

현우가 아이들에게 말했다. 손태명이 핸드폰으로 노래를 선곡한 다음 바닥에 내려놓았다. 그렇게 막 전주가 흘러나오려던 찰나, 또 딸랑거리며 사무실 문이 열렸다.

여고생 최민지와 현우가 기다리고 있던 황금빛 후광의 그 소녀였다. 두 사람 다 교복 차림이었는데 소녀는 저번에 봤던 것처럼 기다란 곱슬머리에 커다란 안경을 쓰고 있었다. 같은 교복이었는데도 최민지와 다르게 소녀의 교복은 펑퍼짐해서 정말로 촌스러웠다.

손태명과 아이들이 눈빛으로 누구냐고 묻고 있었다. 현우가 서둘러 말을 꺼냈다.

"오늘 오디션 보기로 한 아이가 또 있어. 근데 조금 빨리 온 모양이네. 흐름 끊어서 미안하다."

"아니에요! 괜찮아요!"

아이들이 또 입을 모아 대답했다. 최민지와 소녀가 쭈뼛거리며 사무실로 들어왔다.

"아, 안녕하세요?"

"민지 왔구나. 네가 말하던 친구가 이 친구야?"

"네. 맞아요. 이름은 이솔. 나이는 열일곱 살이에요."

"솔이라고? 이름이 한 글자네? 열일곱 살이면 너희들보다는 한 살 동생이다. 그렇지?"

"네!"

또 아이들이 입을 모아 씩씩하게 대답했다.

"솔이라고 했지? 네가 직접 네 소개를 해볼래?"

"……."

현우의 말에도 이솔은 고개를 푹 숙인 채 대답을 하지 못했다.

"솔이가 부끄러움이 많아서 처음 보는 사람한테는 말을 잘

못해요."

결국 친구 최민지가 나섰다. 현우는 가만히 팔짱을 낀 채로 이솔을 살폈다.

'내가 헛것을 봤나?'

매번 오디션에서 떨어진 이유를 대충 알 것 같았다. 연예인 으로서의 끼가 전혀 없어 보였다. 소심한 성격에 자신감까지 없어 보였다. 하지만 여기서 포기를 할 수는 없었다. 그때 현우 가 소녀를 통해 보았던 황금빛 후광은 결코 거짓이 아니었다.

현우가 김은정을 향해 입을 열었다.

"은정아. 수고롭겠지만 네가 솔이 좀 봐줄래?"

"제가요? 진짜 그래도 돼요?"

김은정이 반색을 했다. 김은정은 이솔을 보며 의욕을 불태 우고 있었다.

"얼른 다녀올게요! 다들 기대하고 있어요!"

김은정이 최민지와 이솔을 데리고 아래층으로 향했다.

"그럼 이제 시작해 볼까? 태명아."

"알았어."

손태명이 핸드폰에서 노래를 재생시켰다. 핑크플라워의 타 이틀곡인 Baby Lover가 흘러나오기 시작하며 아이들이 갑자 기 홀러덩 트레이닝복을 벗어젖혔다. 딱 붙는 레깅스에 얇은 티셔츠 차림의 아이들은 상당히 균형 잡힌 몸매들을 가지고 있었다.

일정한 간격으로 자세를 잡고 있던 아이들이 노래에 맞추어 춤을 추기 시작했다. 한 치의 오차도 없는 군무가 펼쳐졌다. 핸드폰에서 노래가 흘러나오고 있었지만 아이들은 직접 춤을 추고 노래까지 부르기 시작했다.

메인 보컬을 맡은 김수정은 소녀다운 청량한 목소리를 가졌다. 서브 보컬인 유지연도 귀여운 외모와 다르게 목소리에 깊이가 있었다. 메인 댄서로 보이는 이지수는 새침한 외모와 알맞게 춤사위가 보통이 아니었다. Baby Lover의 독무를 멋들어지게 소화했다. 또한 센터를 맡은 배하나도 중심을 잘 잡고 있었다.

3분이 조금 넘는 무대가 끝이 났다. 아이들이 하나둘 털썩 바닥에 주저앉았다. 파워풀한 군무에 라이브로 노래까지 불렀으니 체력적으로 힘들 만도 했다. 숨을 몰아쉬면서도 아이들은 후련한 얼굴을 하고 있었다.

"다들 수고했어요."

짝짝짝. 오승석이 박수까지 쳤다.

"태명아, 우리끼리 의논 좀 해볼게."

"알았어. 기다리고 있을 테니까 전화줘."

손태명이 아이들을 데리고 2층으로 내려갔다. 사무실로 현우와 송지유, 오승석이 남았다. 오승석이 먼저 의견을 꺼내기 시작했다.

"현우야. 내가 생각했던 것보다 애들 실력이 좋아. 이건 기회야. 그리고 현우 너도 알잖아. 연습생 한 명 키우는 데 돈 어마어마하게 드는 거 말이야. 거기다 애들 제대로 가르치려면 최소 3년 이상은 트레이닝 시켜야 해. 잘 생각해 봐. S&H 연습생 애들이야. 또 핑크플라워 2군 애들이라며? 더 볼 것도 없어. 저 애들 우리가 무조건 데리고 와야 한다."

오승석이 평소와 다르게 강하게 주장을 펼치고 있었다. 게다가 오승석의 말은 현실적이기도 했다. 네 아이들의 연습생 기간은 무려 6년이나 되었다. 자금력이 부족한 중소 기획사 출신의 연습생들이 2, 3년의 연습생 기간을 가지는 것에 비하면 상당히 오랫동안 체계적인 트레이닝을 받은 것이었다. 확실히 아이들의 기본기가 남달랐다.

"현우야, 내 말 무슨 말인지 알지?"

"알았어. 일단 애들 부를게."

3층 사무실로 손태명이 아이들을 데리고 나타났다. 분위기가 좋았다. 혼신의 무대를 펼치고 난 후라 아이들은 당당했다.

마침내 현우가 생각에서 빠져나왔다. 모두의 시선이 현우에게로 모아졌다. 그리고 현우가 말했다.

"길게 말 안 할게. 너희들 모두 오디션 탈락이다."

현우의 결정에 아이들이 그대로 얼어붙었다. 손태명이 당황한 얼굴을 했다. 조금 전 무대는 손태명이 보기에는 군더더기 없고 완벽한 무대라 할 수 있었다. 핑크플라워 1군 멤버들과 비교해도 전혀 손색이 없었다. 하지만 현우는 탈락이라는 말을 아무렇지도 않게 말하고 있었다.

"현, 현우야. 너 진심이야? 이 정도 실력이면 지금 당장 데뷔해도 손색이 없어."

오승석이 현우를 설득하려 했다.

"나도 알아. 하지만 기계 같아. 감정 없이 춤추고 노래하는 기계 말이야."

현우의 냉정한 평가는 그칠 줄을 몰랐다.

"내가 너희들 보면서 느낀 게 뭔지 알아? 핑크플라워 1군 멤버들이랑 모든 게 똑같았어. 창법도, 표정도, 춤도 다 똑같아. 이대로 데뷔를 한다고? 그럼 너희들은 핑크플라워 2군 멤버 딱지를 영원히 달고 살아야 할걸? 승석이 말대로 너희들 실력은 인정하겠어. 하지만 너희들이 보여준 무대는 향기가 없었어. 향기 없는 꽃은 한두 번 눈길이 가고 나면 그만이야."

서늘한 침묵이 감돌았다. 현우의 정확한 평가에 오승석도 더 말을 꺼내지 못했다. 송지유만이 다리를 꼰 채 하얗게 질린 아이들을 쳐다보고 있을 뿐이었다.

잠시 손가락으로 책상을 두드리다 현우가 입을 열었다.

"애들아."

"네, 네!"

배하나가 얼른 대답했다.

"너희 이대로 오디션 떨어지고 그냥 집으로 갈 거야?"

현우의 말에 아이들의 얼굴로 희망이 어렸다. 손태명과 오승석이 동시에 안도의 한숨을 쉬었다.

"너희들이 진짜 잘하는 걸 해봐. 아니, 못해도 상관없어. 그러니까 너희들이 하고 싶은 걸 해봐."

"…정말요?"

김수정이 조심스레 물었다. 현우는 고개를 끄덕거렸다.

"내가 보고 싶은 건 연습으로 만들어진 춤이랑 노래가 아니야. 무슨 말인지 알겠니?"

"네. 해볼게요. 얘들아, 우리 그거 할까?"

김수정의 제안에 세 아이들이 갑자기 의미심장한 표정을 지었다. 손태명이 이마를 짚었다. 아이들이 뭘 하려는지 이미 잘 알고 있었다.

"진짜 그거 할 거야?"

"네. 하고 싶어요, 태명 오빠."

말수가 적은 유지연까지 나섰다.

"후우. 그럼 어쩔 수 없지. 현우야, 이번에는 잘 좀 봐줘."

손태명이 핸드폰을 바닥에 내려놓았다. 신디사이저 음향과 함께 복고풍의 전주가 흘러나왔다. 현우와 오승석이 동시에

서로를 쳐다보았다.

"GOGO Dance라고?"

"맞아. GOGO Dance다. 승석아."

현우와 오승석이 또 동시에 픽 웃었다. 오승석이 이명훈 밑에서 나오게 된 결정적인 계기가 핑크플라워의 타이틀곡으로 'GOGO Dance'를 추천했기 때문이었다. 그런데 하필 아이들이 'GOGO Dance'를 선택했다.

전주가 끝나고 아이들이 한 명씩 분리되며 대형을 펼쳤다. 복고 느낌의 경쾌한 노래답게 아이들이 디스코 댄스를 추기 시작했다.

그런데 기존의 디스코 댄스와는 확연하게 달랐다. 아이들은 통통 튀는 스텝을 밟으며 디스코를 기반으로 한 전혀 다른 춤을 추고 있었다. 심지어 아이들이 추는 춤이 각기 달랐다. 그럼에도 전혀 어수선해 보이지 않았다.

디스코를 기반으로 한 각기 다른 네 가지의 춤에서 묘하게 통일성이 느껴졌다. 보컬 파트에서도 아이들은 본인들의 장점과 개성을 최대한 살리고 있었다.

메인 보컬 멤버였던 김수정과 유지연이 18살이라는 나이에 맞게 힘과 기교를 빼고 노래를 불렀다. 노래의 중간 부분부터는 아예 이지수가 보컬 파트를 버리고 춤에 몰두했다. 그리고 김수정과 유지연이 노래를 부르는 중간중간 배하나가 얍! 얍!

하며 기합을 넣어주었는데 그 모습이 너무 귀여웠다.

무대가 끝이 났다. 아이들이 바닥으로 주저앉는 대신 서로를 보며 까르르 웃고 있었다. 현우가 하하 크게 웃으며 박수를 쳤다.

"합격이죠? 합격?"

배하나가 해맑은 얼굴로 물었다. 현우가 대답 대신 송지유에게 물었다.

"지유야, 네 생각은 어때?"

가만히 지켜보고 있던 송지유가 턱받침을 하며 아이들을 쳐다보았다. 무표정의 송지유가 눈길을 주자 아이들이 얼른 눈을 내리깔았다.

"합격 줄래요. 너무 귀여웠어요. 신나기도 했고."

"우와! 성공! 대성공! 감사합니다! 언니!"

아이들이 한목소리로 소리치며 서로 하이파이브를 주고받았다. 송지유의 미소에 유지연이 괜히 얼굴을 붉혔다.

"나도 합격이다. 다들 너무 잘했어."

처음 선보였던 Baby Lover 무대와 비교해 보면 완벽한 퍼포먼스라고 평할 수는 없었다. 딱딱 들어맞는 군무도 없었고, 저음과 고음으로 완벽하게 구분된 보컬 파트도 없었다. 하지만 GOGO Dance를 부를 때의 아이들은 정말로 즐거워 보였다. 무엇보다도 아이들이 가지고 있는 각자의 개성과 매력이 돋보이는 무대라는 생각이 들었다.

"GOGO Dance가 훨씬 흥겨웠고 재밌었어. 나도 모르게 어깨까지 들썩였다니까?"

현우의 농담에 아이들이 또 까르르 웃었다.

"현우야. 그럼 우리 애들 받아주는 거지?"

"당연하지. 처음부터 그럴 생각이었어. 내가 미쳤다고 이런 애들을 거절하냐? 내가 괜히 없는 살림에 닭볶음탕 대 자 두 개에, 계란찜에, 음료수에, 잔치 국수까지 산 줄 알았어?"

충격적인 반전에 모두가 할 말을 잃었다.

"진짜 오빠는 타고난 사기꾼이에요."

오직 송지유만이 충격에 빠진 사람들을 보며 웃고 있었다. 송지유의 말에 현우도 피식 웃었다.

"태명아, 미안하다. 그냥 아이들의 잠재력을 보고 싶었어. 궁금했거든."

"하아. 너 진짜. 친구인 나한테까지 이래야겠어?"

"넌 너무 착한 게 탈이니까. 어쨌든 며칠 내로 사무실 이사할 거야. 연습실도 만들어줄게. 그 전까지는 내일부터 모두 이곳으로 나와. 참, 그리고 안무는 누가 짠 거야?"

"제가 짰어요!"

이지수가 얼른 손을 들었다.

"잘했어. 너 보기보다 춤에 재능이 많구나? 기대할게."

"네! 얼마든지요!"

칭찬을 받은 아이처럼 이지수가 뿌듯해했다. 그러다 갑자기 아이들의 표정이 어두워졌다.

"그럼 태명 오빠는 내일부터 못 보는 거예요?"

김수정이 물었다. 손태명도 아쉬운 얼굴을 했다. 하지만 현우는 고개를 저었다.

"누가 그래? 태명이 너도 끝까지 책임을 져야지. 애들은 나한테 다 맡기고 몰래 재취업할 생각이었냐? 너도 내일부터 여기로 출근해."

"혀, 현우야."

손태명이 걱정스러운 얼굴을 했다. 현우는 손태명이 무슨 걱정을 하고 있는지 잘 알고 있었다. 손태명은 혹여나 자기가 짐이 될까 염려를 하고 있다.

"단순히 사무실 이사를 하는 것만은 아냐. 나 독립한다, 태명아."

"독립?! 진짜?"

손태명뿐만 아니라 오승석과 송지유도 놀랐다. 오늘 처음 듣는 이야기였기 때문이었다.

"원래는 식구들 다 모아놓고 이야기하려고 했는데 미리 이야기하는 거야. 사무실 이사하고 독립하면 일손도 부족해. 그런데 내가 너 혼자 살겠다고 매니저 그만두는 걸 가만히 지켜만 볼 거 같아?"

"정말 고맙다. 현우야……."

손태명의 눈동자가 붉어졌다. 설마 현우가 자신까지 데리고 갈 줄은 꿈에도 상상하지 못했다. 손태명과 헤어지기 싫었던 아이들도 훌쩍훌쩍 눈물을 훔치고 있었다.

"대신 당분간 최저 임금에 맞춰서 월급 줄게. 하지만 음원 수입이랑 다른 쪽에서 수입 들어오기 시작하면 제대로 월급 나갈 거다."

"고맙다. 친구야."

손태명의 음성에서 물기가 느껴졌다. 현우는 민망함에 괜스레 머리를 긁적였다.

"고맙긴. 우리 어울림은 이제 시작 단계야. 너도 각오 단단히 하라고."

"물론이지. 최선을 다할게."

현우와 손태명이 서로를 보며 씩 웃었다.

*　　　*　　　*

딸랑. 방울이 울리며 훈훈했던 분위기가 깨졌다. 3층 사무실의 문이 열리고 김은정이 나타났다.

"어? 분위기 왜 이래요? 이상한데요?"

김은정이 두 눈을 깜빡거리며 물었지만 그 누구도 대답을 하지 않았다.

"그럼… 솔아. 이리 올래?"

"그, 그게!"

김은정의 등 뒤에 숨어 있던 이솔이 억지로 끌려 나와 모습을 보였다. 기다란 곱슬머리에 커다란 안경을 쓰고 있던 소심한 소녀가 전혀 다른 미소녀가 되어 있었다.

자그마한 얼굴에 새하얀 피부. 유난히도 눈동자가 컸고, 상당히 깜찍하고 예뻤다. 특히 연한 갈색 눈동자는 신비한 느낌마저 들었다.

"예쁘죠? 솔이 얘 완전히 패션 테러리스트였어요. 너 예쁜 얼굴 그렇게 막 쓸 거면 나 줄래? 언니가 잘 써줄게."

"죄, 죄송합니다."

"이럴 때는 감사합니다! 하는 거야! 해봐!"

"감사합니다."

현우가 고개를 갸웃거렸다. 분명 어디선가 본 아이였는데 기억이 나지를 않았다. 그러다 현우의 눈동자가 커졌다.

'말도 안 돼! 저 아이가 설마 미라이시 소에?!'

미라이시 소에. 그녀는 재일 교포 3세 출신으로 일본의 전설적인 아이돌이었다. 특이하게도 미라이시 소에는 우르르 몰려 나와 춤을 추는 아이돌이 아닌 싱어 송 라이터로 이름을 떨쳤었다.

'100년에 한 번 나올까 말까 한 아이돌이라고 했었지.'

당시 일본 연예계에서 미라이시 소에를 두고 한 평가였다.

한국 탑 아이돌에게도 밀리지 않는 외모와 가창력을 소유하고 있어 일본 연예계에서는 한류에 맞서는 재목이라며 그녀를 보물처럼 여겼다. 하지만 훗날 재일 교포 출신이라는 것이 밝혀져 일본 대중들에게 큰 충격을 안겨주었고 국민적인 인기도 주춤하게 된다.

'내 기억으로는 여기까지가 한계야.'

일본 연예계에 대해서는 현우도 그렇게 자세하게 알지는 못했다. 그런데 문득 의문이 들었다.

'일본에 있어야 할 아이가 왜 한국에 있는 거지? 아이돌 오디션을 보고 다니는 이유는 또 뭐야?'

여러 가지로 궁금한 점이 많았다. 하지만 초면에 사적인 이야기를 물어볼 수는 없었다.

'일단 실력을 보자. 100년 돌로 유명했으니까 뭐가 있어도 있겠지.'

그사이 김은정이 손을 잡고 이솔을 사무실 중앙으로 세웠다. 사람들의 시선이 모여들자 이솔이 더욱 움츠러들었다.

"뭐 할래? 어떤 노래 틀어줄까?"

"Baby Lover… 틀어주세요."

가만히 이솔을 지켜보고 있던 네 아이들이 깜짝 놀란 얼굴을 했다. 현우가 씩 웃었다. 이솔이 고른 노래도 하필 핑크플라워의 Baby Lover였다. 이 무슨 운명의 장난이란 말인가.

"태명아. 부탁할게."

손태명이 다시 노래를 재생시켰다. 그러자 이솔이 스텝을 밟으며 춤을 추기 시작했다. Baby Lover는 파워풀한 군무가 핵심이었는데 이솔은 춤사위가 경쾌하고 절도가 있었다. 무엇보다 표정이 살아 있었다. 보는 이로 하여금 확 시선을 끌어당기게 했다.

'역시 100년 돌이라 이건가?'

기대했던 만큼이었다. 이솔이 무대를 장악해 가고 있었다. 그렇게 현우의 미소가 더욱 진해지려는 찰나, 갑자기 이솔이 멈추어 섰다. 하릴없이 Baby Lover만 사무실로 울려 퍼졌다.

"죄, 죄송해요. 죄송해요."

이솔이 연신 고개를 숙였다. 현우의 얼굴이 굳어졌다. 노래 초반만 해도 이솔은 빛을 발하고 있었다. 그런데 보컬 파트가 나오는 순간 이솔은 굳어버렸다.

'싱어 송 라이터였던 아이가 노래에 자신이 없을 리가 없잖아. 대체 뭐가 문제지?'

갑자기 머리가 아파왔다.

황금빛 후광이 비췄던 아이였다. 굳이 그렇지 않다고 해도 이솔, 미라이시 소에는 미래에 전설적인 아이돌로 성공을 거두게 된다. 그런데 오디션에서 하지 말아야 할 실수를 하고 말았다.

"다시 해볼래?"

이솔이 고개를 끄덕거렸다. 손태명이 다시 Baby Lover를 재생키자 다시 파워풀한 춤이 펼쳐졌다. 그러다 보컬 파트가 시작되었고 다시 이솔이 주춤거렸다.

"한 번 더."

현우의 표정은 변화 하나 없었다. Baby Lover가 흘러나오며 이솔이 다시 춤을 추기 시작했다. 하지만 이번에도 역시 보컬 파트에서 막히고 말았다.

"……."

오디션 탈락을 직감한 이솔이 고개를 숙였다. 현우는 팔짱을 낀 채로 이솔을 바라보고 있었다.

"왜 자꾸 중간에 멈추는 거야?"

"그, 그게."

"너 자기 의사 표현할 줄을 모르는 거야, 아니면 한국말을 잘 못하는 거야?"

현우의 의미심장한 질문에 이솔이 눈을 크게 떴다. 결국 이솔이 울먹울먹하며 말을 잇지 못했다. 다급한 나머지 친구 최민지가 나섰다.

"솔아. 내가 다 말해도 괜찮아?"

이솔이 잠시 고민하다가 고개를 끄덕거렸다.

"매니저 오빠. 솔이 사정은 제가 잘 알아요."

"그래? 그러면 민지 네가 말해봐."

답답했던 찰나에 다행히도 최민지가 전후 사정을 알고 있는 것 같았다. 최민지가 이솔의 손을 꼭 잡았다.

"솔이요. 사실 재일 교포예요. 그리고 우리나라에서 아이돌이 되는 게 꿈이래요. 그래서 작년에 한국으로 전학을 온 거예요. 그런데요. 처음 오디션 본 기획사 실장님이 엄청 뭐라고 했대요. 한국말도 못하고 발음도 엉망이라고… 근데… 그때부터 모르는 사람들 앞에서 노래를 부르려고 하면 머리가 하얗게 되나 봐요."

최민지의 설명에 모두가 안타까움을 감추지 못했다. 특히 방금 전 오디션을 보았던 네 아이들은 마치 자기들 일인 것처럼 속상해했다.

"사실이니?"

"네. 죄송합니다. 실례를 범했어요."

이솔이 꾸벅 고개를 숙이며 사과를 했다. 현우는 고개를 저었다.

"아니, 전혀. 실례는 무슨 실례야. 그런 사정이 있는 줄은 몰랐다. 오디션 보기 전에 왜 미리 말을 안 했어?"

"무서웠어요. 오디션 떨어질 것 같았어요. 그래서 말 안 했어요."

입도 뻥긋 못 하고 있던 이솔이 지금까지 했던 말들 중에 가장 길게 대답을 했다. 그 모습을 보며 현우는 화가 났다. 일본에서 온 아이가 한국말을 제대로 하지 못하는 건 당연한 일이다. 또 이솔은 이제 겨우 17살의 소녀일 뿐이다. 가능성과 잠재력을 보아야 할 사람들이 이솔의 현재만을 보고 제멋대로 단정을 내렸다.

이런 경우가 어디 이솔뿐일까 하는 생각이 들었다. 지금 어디인가에서도 꿈을 짓밟히는 아이들이 부지기수일 것이다. 김수정이나 배하나, 이지수와 유지연도 거대 기획사의 밥그릇 싸움 때문에 희생된 아이들이었다.

"그러면 아예 모르는 사람들 앞에서는 노래를 못 부르는 거구나?"

"네… 노래가 나오지 않아요."

이솔이 얼굴을 흐리며 대답했다.

'무대 공포증인가? 후우… 이걸 어쩐다?'

머리가 복잡했다. 현우가 과거로 돌아오기 전에는 18세의 나이에 데뷔를 하여 일본 열도를 떠들썩하게 만든 전설의 아이돌이 바로 이솔이었다.

그런데 현우의 앞에 서 있는 17살의 이솔은 낯선 사람들 앞에서는 노래를 부르지 못하는 심리적인 상처를 안고 있었다.

'마음의 상처는 내가 고쳐주면 그만이야.'

현우는 오기가 생겼다. 현우의 시선이 잠시 오승석의 앞에 놓인 캠코더로 향했다.

"사람들 없을 때는 노래 부를 수 있는 거지?"

"네. 할 수 있어요."

"좋아. 그럼 여기 책상 위에 캠코더만 놓고 우리는 나가 있을게."

"와! 그러면 되겠네요?!"

배하나가 짝, 박수를 쳤다. 현우는 캠코더를 책상 위로 설치했다.

"그럼 우리는 잠깐 2층에 내려가 있을 테니까 녹화 끝나면 불러. 알았지?"

"네! 할 수 있어요!"

잔뜩 주눅이 들어 있던 이솔이 파이팅 넘치게 대답했다.

"한국에서의 마지막 오디션이라 생각하고 너의 모든 것들을 이 캠코더에 담아봐. 그럼 내려간다."

현우가 일행들과 함께 몸을 돌렸다.

30분 정도가 흘렀다. 2층 사무실 문을 열고 최민지가 고개를 쏙 내밀었다.

"솔이 녹화 다 했어요!"

"가요."

송지유가 최민지의 손을 잡고 먼저 3층 사무실로 올라갔다. 3층 사무실로 올라가니 책상 위로 캠코더가 놓여 있었다. 이솔은 그 옆에 다소곳하게 앉아 있었다.

"자신 있어?"

현우의 물음에 이솔이 고개를 끄덕거렸다. 다들 책상으로 모여 앉았다. 오승석이 캠코더를 재생시켰다. 작은 화면 속으로 이솔의 모습이 보이기 시작했다.

[안녕하세요! 일본 오사카에서 온 이솔입니다! 한국에서 가수가 되고 싶어 왔습니다! 잘 부탁드리겠습니다! 파이팅!]

캠코더 속 이솔은 활발하고 귀여웠다. 현우가 픽 웃었다. 옆에서 현우의 눈치를 살피고 있던 이솔이 얼굴을 붉히며 치맛자락을 움켜쥐었다.

[그럼 시작하겠습니다!]

이솔이 자세를 잡았다. 최민지가 핸드폰으로 Baby Lover를 틀어주었고 파워풀한 춤이 펼쳐졌다. 그리고 대망의 보컬 파트가 다가왔다. 현우는 긴장한 얼굴로 캠코더 화면에서 눈을 떼지 못했다.

드디어 화면 속 이솔이 노래를 부르기 시작했다.

학교에서 만난 선배! 두근두근 떨리는 심장!
들킬까 봐 안절부절! 두근두근 떨리는 심장!
학교에서 만나요, 학원에서 만나요
매일매일 볼래요

춤을 추면서도 이솔은 혼자 모든 보컬 파트를 소화했다. 그리고 음색이 특이했다. 허스키하면서도 맑고 부드러웠다.

'묘하게 중독성이 있는 음색이야.'

특히 캠코더 속 이솔은 무대 장악력이 대단했다. 160㎝도 안 되는 아담한 체구의 이솔이 3층 사무실을 홀로 가득 채우고 있었다.

"와아."

네 아이들이 거듭 감탄을 했다. 특히 메인 보컬인 김수정과 유지연이 캠코더 화면을 뚫어져라 보고 있었다.

3분이 조금 넘는 이솔의 무대가 끝이 났다.

[감사합니다! 오디션 꼭 붙고 싶어요! 고생하셨습니다! 꺅!]

캠코더 속 이솔이 꾸벅 폴더 인사를 하다 중심을 잡지 못하고 뒤로 엉덩방아를 찧었다.

[지워줘! 창피해!]
[아냐! 아냐! 방금 너 엄청 귀여웠어. 안 지울래!]

캠코더 화면이 위아래로 마구 흔들리다 재생이 종료되었다. 목덜미까지 새빨개진 이솔이 최민지를 원망 어린 눈동자로 보고 있었다. 현우가 하하 웃었다.

'역시 100년 돌이라 이건가.'

캠코더 속 이솔은 아이돌 그 자체였다. 깜찍하고 상큼한 외모에 타고난 끼를 가지고 있었다. 특히 연한 갈색 눈동자를 보고 있자면 그 속으로 빨려 들어갈 것만 같았다.

"묘한 마력? 이라고 해야 하나? 이런 게 느껴져. 그치?"

현우가 주변을 둘러보며 물었다. 오승석과 손태명이 동시에 고개를 끄덕거렸다. 그 둘이 보기에도 이솔은 사람을 끌어당기는 매력을 가지고 있었다.

"지유야. 네 생각은 어때?"

"내 생각이 중요해요?"

"당연히 중요하지."

송지유가 물끄러미 고개를 숙이고 있는 이솔을 바라보았다.

"여기 이 아이들이랑 잘 어울릴 것 같아요."

"그래. 나도 같은 생각이야. 지유 너도 감이 좀 있는데?"

"다 오빠한테 배운 거예요."

"그래?"

현우는 내심 놀랐다. 송지유는 이솔 자체가 아닌 네 아이들과의 전체적인 조화를 생각하고 있었다.

"너희들 다섯 명이서 한번 서볼래?"

"네!"

네 아이들이 일렬로 섰다. 이솔도 눈치를 보다 얼른 옆으로 섰다. 현우가 책상에서 일어나 턱을 매만졌다.

다섯 명의 아이들은 김수정, 유지연, 배하나, 이지수, 이솔 순으로 서 있었다.

"잠깐만 보자."

잠시 고민하던 현우가 아이들을 재배치하기 시작했다. 유지연, 이지수, 배하나, 이솔, 김수정 순으로 자리가 재배치되었다.

"음."

현우는 턱을 매만지며 전체적인 그림을 살폈다. 차분하고 귀여운 외모의 유지연과 김수정이 각각 사이드로 섰다. 상큼하고 새침한 느낌의 이지수와 이솔이 배하나의 양 옆으로 섰다. 마지막으로 배하나가 훤칠한 몸매를 자랑하며 센터로서 중심을 잘 잡아주었다.

'신기하네. 센터가 아닌데도 센터 같은 느낌이야.'

배하나의 옆에 서 있었지만 이솔의 존재감은 뚜렷했다. 더욱 신기한 것은 이솔 때문에 다른 네 명의 아이들도 돋보인다는 점이었다. 현우가 핸드폰으로 아이들의 사진을 담았다. 그리고 사진을 아이들에게 보여주었다.

"너희들이 보기에는 어때?"

"진짜 걸 그룹 같아요!"

배하나가 배시시 웃으며 말했다.

"솔이랑 우리 멤버들이랑 잘 어울리는 것 같아요, 매니저님."

"저도 같은 생각이에요."

김수정과 유지연이 차례로 말했다.

"지수는?"

"이대로 데뷔해도 좋을 것 같아요! 헤헤!"

"솔이 너는 어때?"

현우가 마지막으로 이솔에게 물었다.

"실례가 되지 않는다면 저도… 좋아요."

"실례 아니야! 우린 너 마음에 들어!"

배하나가 갑자기 이솔을 껴안았다. 이솔의 얼굴이 붉어졌다.

"우리랑 같이 연습하자. 우리도 부족하지만 도와줄게."

리더 격인 김수정이 이솔에게 손을 내밀었다. 이지수의 도움으로 배하나의 품에서 빠져나온 이솔이 조심스럽게 손을 맞잡았다.

"잘 부탁드리겠습니다."

이솔이 꾸벅 고개를 숙였다.

"우리도 잘 부탁해."

두 눈이 초승달처럼 휘어지며 유지연이 말했다. 아이들을 지켜보던 현우가 피식 웃었다.

"애들아. 아직 오디션 합격이라는 말 안 했다. 설레발이 좀 심한 거 아니냐?"

"아! 참!"

배하나와 아이들이 애써 웃으며 몸들을 배배 꼬았다.

"합격시켜 주실 거죠?"

"합격! 합격!"

아이들이 현우를 조르기 시작하며 양팔을 잡아당겼다. 현우가 문득 이솔의 표정을 살폈다. 희미하긴 했지만 이솔이 고마운 표정으로 아이들을 물끄러미 훔쳐보고 있었다.

"알았다. 알았어. 합격이다! 합격! 됐지?"

"와아아!"

현우의 말이 떨어지기가 무섭게 아이들이 콩콩 뛰며 난리가 났다. 너무 산만해서 정신이 하나도 없었다.

'내가 애들을 감당할 수 있으려나?'

강아지들 같은 느낌이 들어 자꾸만 쓴웃음이 났다.

*　　　*　　　*

오디션이 끝나고 간단하게 단골 삼겹살 가게에서 회식이 펼쳐졌다. 아이들의 먹성은 여기서도 빛을 발했다. 아담한 체구의 이솔도 의외로 식성이 좋았다.

회식이 끝나고 현우는 봉고차에 아이들을 태워 근처 지하철역에 내려주었다. 봉고차에 현우와 송지유 단둘만이 남았다.

"오늘 고생했다. 지유야."

"고생 안 했어요. 오빠가 고생했지."

"진짜? 오늘따라 내 생각을 많이 해주네?"

"뭐라고요?"

"아악!"

현우가 비명을 질렀다. 옆구리가 얼얼했다. 신호가 걸려 있어서 다행이었지 하마터면 운전대를 놓칠 뻔했다.

"왜 이렇게 세게 꼬집어? 너 감정 있지?"

"없어요."

송지유가 눈을 흘겼다. 뾰로통한 것이 확실히 뭔가 있었다.

"지유야. 언제나 나한테는 네가 1순위야."

"지켜볼게요."

쌀쌀맞게 말했지만 송지유의 표정이 많이 풀려 있었다.

드르륵. 드르륵.

갑자기 핸드폰 진동이 느껴졌다. 발신자를 확인한 현우의 눈동자가 가늘어졌다. 얼마 전 음악캠프 생방송 때 만났던 S&H 매니지먼트 1팀의 이석우 실장이었다.

"전화 받았습니다. 실장님."

ㅡ현우 씨, 통화 가능합니까?

"운전 중이기는 한데 간단하게는 가능합니다."

ㅡ하하. 그래요. 그럼 용건만 말할게요. 회장님께서 내일 귀국하십니다. 내일이나 내일 모레 시간 괜찮아요?

현우는 섣불리 대답을 하지 못했다. 말로만 들었던 이장호 회장을 직접 만날 생각을 하니 이제야 실감이 났다.

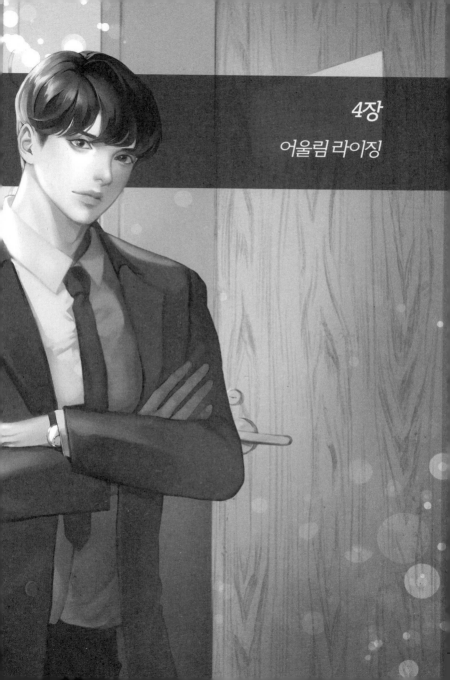

4장
어울림 라이징

"흐음. 정장이라도 챙겨 입고 올 걸 그랬나?"

청담동에 위치한 고급 한정식 레스토랑을 바라보며 현우는 머리를 긁적이고 있었다. 상류층들이 주로 이용한다는 김은정의 말이 떠올랐다. 레스토랑 주변을 둘러보니 최소 몇 억을 호가하는 고급 외제 차들이 즐비했다.

"예약하셨습니까?"

젊은 남자 직원이 어울림의 봉고차와 현우를 번갈아 살피며 묻고 있었다.

'여차하면 쫓아낼 분위기인데.'

현우는 그냥 속으로 웃고 말았다. 돈 있는 사람들이 자신들의 지위를 뽐내고 누리기 위해 오는 고급 레스토랑이다. 로마에 가면 로마의 법을 따르라는 글귀가 떠올랐다.

"저기요. 손님?"

"예약은 되어 있을 겁니다. 이장호 회장님을 만나러 왔습니다. 김현우입니다."

"이장호 회장님이요?! 죄, 죄송합니다. 제가 몰라봤네요. 차 키는 저한테 주시면 됩니다."

현우와 봉고차를 위아래로 살펴보던 직원들의 태도가 싹 바뀌었다. 기분이 상할 법도 했지만 현우는 개의치 않았다. 겉모습만으로 사람을 평가하는 건 좋지 않은 습관이긴 했지만 그렇다고 해서 딱히 뭐라고 할 이유도 없었다. 어쨌든 여긴 상류층들을 위한 공간이었으니 말이다.

현우가 차 키를 건네자마자 여자 직원들이 현우를 안내하기 시작했다. 고급스러운 장식품으로 도배된 복도를 지나 여자 직원들이 좌우로 미닫이문을 열어주었다.

탁. 미닫이문이 양 끝으로 닿으며 상석에 앉아 있던 이장호 회장의 모습이 드러났다. 찰나의 순간 현우는 이장호를 스캔했다.

'특이한 양반이네.'

소탈해 보이는 인상이나 분위기와 다르게 머리부터 발끝까

지 고급이라는 말이 부족할 정도의 고가 명품들을 두르고 있
었다.

"자네군."

가수 출신답게 목소리도 좋았다.

"어울림의 김현우입니다. 뵙게 되어 영광입니다, 회장님."

"허허. 그렇게까지 영광으로는 보이지는 않는데? 조금 귀찮
아 보이기도 해."

"하하. 그렇게 느끼셨다면 죄송합니다. 요즘 신경 쓸 일이
한두 가지가 아니라서 말이죠."

"그렇다는 건 내가 아니었으면 굳이 여기까지 올 생각이 없
었다. 이건가?"

"아닙니다. 회장님은 저도 한번 뵙고 싶었습니다."

현우는 씩 웃으며 대답했다. 순간 이장호의 얼굴에서 웃음
기가 사라졌다. 깊은 눈동자가 현우를 담았고 현우는 그저
은은하게 미소만을 머금고 있었다. 찰나였지만 정적이 흘렀
다. 분위기가 어색해지려 할 때쯤 이장호가 손으로 자리를 가
리켰다.

"일단 앉게나. 한식은 다 좋은데 식으면 맛이 떨어진단 말이
야."

"그렇긴 하죠. 그럼 앉겠습니다."

현우가 자리에 앉으며 말했다. 이장호가 여 직원을 슥 쳐다

보았다.

"요즘 가장 유행하고 있는 노래나 틀어주게."

"예. 회장님."

여 직원들이 미닫이문을 닫고 사라졌다. 밀폐된 공간에 단둘만이 남게 되자 현우도 조금 긴장이 되었다. 이장호 회장이 누구인가. 90년대 초중반 아이돌 시스템을 들여와 한국 가요계의 판도를 바꾼 사내였다. 그가 만든 1세대 아이돌부터 시작해서 지금 활동하고 있는 2세대, 3세대 아이돌들도 변함없는 인기를 누리고 있었다. 말이 3대 기획사지 S&H는 기획사의 꼭짓점을 차지하고 있는 초대형 기획사였다.

"그래. 나를 본 소감이 어떤가?"

이장호의 첫 질문이었다. 그런데 이장호로부터 풍기는 기세가 장난이 아니었다. 현우는 단순한 질문이 아니라는 것을 깨달았다.

"…공통 질문을 하신 겁니까?"

"하하! 눈치가 빠르군. 그렇다네. 연예계 쪽 인사들을 처음 만나면 꼭 묻곤 하지. 자. 나를 본 소감이 어떤가?"

"음… 신선로 같습니다."

"하하하! 내가 신선로 같다고?"

이장호가 크게 웃었다. 현우의 시선은 상의 중앙에 놓인 신선로에 머물러 있었다.

"이유가 뭔가?"

"김이 모락모락 피어오르는 저 커다란 놋그릇 속에 갖가지 음식들이 다 들어가 있지 않습니까?"

"그래서?"

"신선로를 처음 보는 사람이라면 하얀 연기가 피어오르는 놋그릇이 신기할 겁니다. 아이들이라면 연기 때문에 무서울 수도 있을 겁니다. 그러다 그 안에 들어가 있는 음식들을 보면 재밌는 음식이라 생각이 들 겁니다. 소고기 경단이며, 생선전이며, 호두며 갖가지 음식이 다 들어가 있으니까요."

"……"

현우의 비유에 이장호의 얼굴이 사뭇 진지해졌다. 어울림의 젊은 매니저가 신선로 하나를 가지고 자신과 S&H를 완벽하게 비유하고 있었기 때문이다. 지금 S&H는 가요계뿐만 아니라 연예계 전반으로 영향력을 넓히고 있었다. 배우는 물론이고 개그맨들과 MC들까지 마구잡이로 계약을 맺고 있는 실정이었다. 즉, 신선로는 이장호 본인을 그리고 그 안에 들어가 있는 육해공의 음식들은 소속된 가수들과 배우, 예능인들을 가리키고 있는 것이었다.

"그럼 자네는 신선로를 어떻게 생각하나?"

"…글쎄요."

이장호의 의미심장한 질문에 현우는 섣불리 대답을 하지

않았다. 아니, 못했다. 연예계의 전설적인 인물인 이장호에게 함부로 본심을 꺼내기가 꺼려졌기 때문이다.

"허어. 비유만 던져놓고 답은 스스로 찾아라, 이건가? 말해보게. 까마득한 후배한테 내가 역정이라도 내겠는가? 괜찮아. 부담가지지 말고 말해보게나."

"흐음. 그럼 감히 한 말씀 드리겠습니다. 저는… 신선로는 신선로 그 자체일 때가 가장 좋은 것 같습니다."

"호오. 그런가?"

이장호가 웃고 있었다. 하지만 눈동자만큼은 깊은 빛을 발하고 있었다.

"자네는 우리 S&H가 영화계나 방송계 쪽으로 영역을 넓히는 것이 무리라고 생각하는 것인가?"

결국 단도직입적인 질문이 나왔다. 현우는 섣불리 대답을 할 생각이 없었다.

"괜찮다고 하지 않았나. 솔직하게 말해보게."

"음… 저도 부정적으로 보는 것만은 아닙니다. 어차피 연예기획사의 시류적인 흐름이니까요. 하지만 철저하게 준비가 되지 않는다면 전 개인적으로 무리한 영역 확장은 반대입니다. 전문성이 떨어지게 마련이니까요. 우리 지유한테 발 연기 소리를 듣게 할 수는 없습니다."

실제로 얼마 전 방영한 월화 미니시리즈는 유명 작가가 대

본을 쓰고 유명 감독이 연출을 했음에도 시청률 5%를 넘기지 못했다. 아이돌 그룹 출신의 남녀 주인공의 발 연기가 대중들의 외면을 받았기 때문이다.

이장호가 허허 웃고 말았다.

"전문성이라. 인정하지. 아직까지는 많이 부족해. 하지만 자네 그거 아나? 요즘 조짐이 이상해. 대기업들이 우리 가요계 쪽으로 조만간 진출을 할 걸세. 엄청난 자금력으로 밀고 들어올 걸세. 영화계나 방송계는 이미 시작되지 않았나?"

"그렇죠."

현우는 고개를 끄덕였다.

현우가 과거로 돌아오기 전에는 대기업의 독과점이 더욱 심각했다. 영화계는 아예 멀티플렉스를 가지고 있는 대기업의 논리에 따라 투자와 제작, 배급과 유통이 결정되었다.

돈이 되는 상업 영화들만이 스크린을 장악했고, 국제 영화제에서 상을 수상한 영화는 할리우드 상업 영화에 밀려 고작 10개 남짓의 멀티플렉스에서만 상영이 가능했다.

방송계도 예능 프로 전반에 간접 광고가 넘쳐났다. 그나마 대기업의 영향력이 덜한 곳이 가요계였다. 3대 기획사를 중심으로 한 거대 기획사들의 노하우를 단기간에 돈으로 따라잡을 수가 없었기 때문이었다.

또한 한류 붐의 중심에 아이돌 그룹들이 놓여 있었기에 가요계 쪽 기획사들은 자금력이 탄탄했다.

'이장호 회장은 10년 전부터 대기업의 독과점을 예상하고 있었구나. 그래서 영화계나 방송계 쪽으로 무리하게 진출을 했던 거야. 대기업들에게 밥그릇들을 빼앗기느니 차라리 이쪽에서 뺏어버리자, 이런 마인드였던 거야. 역시 대단한 사람이야. 그렇다고 S&H의 합병 인수들을 정당화할 수는 없는 일이지. 대기업이나 S&H나 당하는 쪽에서는 다 똑같이 나쁜 놈들이라고.'

정말 많은 생각이 들었다. 미래를 알고 있다고 해서 자세한 내막까지는 알 길이 없었다. 하지만 이장호를 만나 현우는 깨달았다.

'앞으로 밥그릇 싸움이 장난이 아니겠구나.'

이제 성장을 시작한 어울림도 조만간 치열한 전쟁터의 한복판에 놓일 것이다. 약한 기획사는 먹히고 강한 기획사는 살아남는다. 현우는 마음을 다잡았다.

"허허. 초면에 너무 심각한 이야기만 했군. 식사하게나."

"아닙니다. 회장님 덕분에 많은 것들을 깨달았습니다."

"그런가? 그럼 다행이군."

제법 편안한 분위기에서 식사가 이어졌다. 식사가 끝날 무렵 이장호가 넌지시 질문을 꺼내기 시작했다.

"자네는 어울림을 어떤 회사로 키울 건가?"

기획사의 전체적인 방향과 목적의식을 묻는 상당히 의미 있는 질문이었다. 현우가 식혜 그릇을 내려놓았다.

"별것 없습니다. 대중들에게 행복을 주는 아티스트들을 키우는 거죠. 또 아티스트들이 가지고 있는 재능을 자유롭게 펼칠 수 있도록 최대한 지원을 할 생각입니다."

"동화 같은 생각이군. 그렇게 안 봤는데 자네 혹시 이상주의자인가? 돈에는 관심이 없나?"

"그럴 리가요. 저도 돈 좋아합니다. 마세라티, 람보르기니, 프라다, 베르사체. 이름만 들어도 설레네요. 다만 돈이 우선이 되어서 돈의 노예가 되는 건 싫습니다. 훌륭한 아티스트가 재능을 마음껏 펼치면 대중들도 좋아할 테고, 그러면 자연스럽게 돈도 따라오지 않겠습니까? 그럼 그때 당당하게 즐기면 되는 거죠."

때마침 방 안으로 종로의 봄이 흘러나왔다. 송지유의 청아하고 맑은 음색에 현우는 절로 기분이 좋아졌다. 현우는 씩 웃고 식혜 그릇을 집어 들었다.

반면 이장호는 많은 생각에 잠겨야 했다. 현우가 말하고 있는 어울림의 방향과 목적의식은 S&H와는 정반대였다. S&H는 공장이라는 별명을, 그리고 이장호는 공장장이라는 별명을 가지고 있었다.

더 심한 표현으로는 S&H 소속의 가수들을 상품으로 평가

하는 평론가들도 존재했다. 최고의 공장 시스템에서 최상급의 상품을 찍어내는 것이 어쩌면 S&H의 기조였다. 하지만 현우가 말하고 있는 어울림은 달랐다. 트레이닝복을 만들더라도 어울림은 장인이 한 땀 한 땀 바느질을 해서 만들어낸다.

"자네의 생각은 나쁘지 않아. 하지만 그거 아나? 장인이 사라지거나 그 장인이 더 이상 명품을 만들어낼 수 없게 되는 날이 오면 모든 게 끝이야. 차라리 안정적으로 생산 라인을 갖추는 게 장기적으로 보면 훨씬 나을 수도 있어. 어차피 대중들은 쉽게 질려. 자네가 애써 만든 작품이 대중들에게 외면을 당한다면 그때는 어떻게 할 거지? 다시 처음부터 모든 것들을 새로 시작할 건가?"

"하지만 상품성으로만 승부하는 시대는 얼마 가지 않아 끝이 날 겁니다. 회장님 말씀대로 대중은 쉽게 질리니까요."

"흠… 그럼 자네는 앞으로 대중들에게 어필할 수 있는 게 뭐라고 생각하나?"

"특별함입니다. 우리 지유 같은 특별한 존재요. 지유가 예쁘고 노래를 잘한다고 해서 특별한 게 아닙니다. 지유는 지유만의 색깔이 뚜렷합니다. 60년대 복고 패션을 좋아하고 파스타랑 와인보다는 삼겹살과 소주를 좋아하죠. 오래되고 낡은 걸 좋아합니다. 지유는 자기만의 색깔이 뚜렷하죠. 그래서 대중들이 우리 지유를 좋아하는 게 아닐까 하는 생각이 듭니다."

이장호는 반박할 수 없었다. 어울림의 송지유는 지금 대중들에게 가장 큰 사랑을 받고 있었다. 결국 인정을 할 수밖에 없었다.

"음. 어떻게 보면 패기 넘치던 내 젊을 적을 보는 것 같아. 알았네. 자네의 조언은 나도 새겨듣지."

"하하. 영광입니다. 회장님의 깊은 충고, 저 또한 새겨듣겠습니다."

현우는 진심이었다. 서로가 생각하는 것이 다를 뿐이다. 그리고 이장호는 이미 S&H를 정상에 올려놓은 인물이다. 그에겐 그만의 길이 있다.

"후후. 자네 보면 볼수록 마음에 들어. 혹시 애인 있나?"

"예? 없는데요?"

현우가 벙 찐 얼굴을 했다.

"허허. 농담일세. 내가 결혼을 늦게 해서 큰딸이 이제 겨우 고등학교 3학년이야."

"그럼 아쉬워할 수도 없는데요?"

"그런가?"

현우와 이장호가 서로를 보며 웃었다. 그리고 종로의 봄이 끝나갈 때쯤 이장호가 넌지시 서류 하나를 현우에게 내밀었다.

"이게 뭡니까, 회장님?"

"투자 관련 서류일세."

"투자요?"

"그렇다네. 자네와 어울림에게 내가 직접 투자를 하고 싶네."

현우는 머릿속이 하얗게 물드는 것 같았다. 투자라니, 생각하지도 못한 일이 벌어지고 있었다.

"30억을 투자하지. 그리고 우리 S&H에서 어울림을 인수하겠네. 그렇게만 된다면 자네에게도 상당한 지분이 주어질 걸세. 어울림이라는 상호도 그대로 사용하게 해주겠네. 운영과 경영도 자네에게 모두 맡길 생각이네."

"……."

현우는 대답하지 않았다. 얼핏 들으면 달콤한 제안으로 들렸다. 하지만 그렇게 된다면 어울림은 S&H의 독립 레이블이 되고 만다. 즉, S&H에게 인수 합병이 되어 종속되고 마는 것이다. 그러면 어울림은 이름만 남게 된다. 물론 지분을 가지게 된다면 현우에게는 막대한 이익이 남는다.

"자네 생각은 어떤가?"

"글쎄요… 다만, 방금 전 제안은 연예 기획사 대표라기보다는 사업가로서의 제안이신 것 같군요."

현우의 표정이 그다지 좋지 않았다. 이장호는 여유로운 표정으로 입을 열기 시작했다.

"내 투자 제안이 기분 나쁘게 들릴 수도 있어. 하지만 잘 생각해 보게나. 송지유라는 존재가 있긴 하지만 어울림은 규모가 너무 영세하네. 자네의 능력이 뛰어난 건 사실이지. 하지만 자네는 너무 어리고 경험이 없어. 그렇다고 전문 경영인이 존재하는 것도 아니지 않나? 어울림처럼 반짝 떴다가 사라지는 기획사를 지금까지 수도 없이 봐왔네. 나를 보고 사업가라고 했나? 그래, 난 사업가라고도 할 수 있지. 하지만 내 사업 수단이 없었다면 S&H는 지금 정상의 자리를 차지할 수 없었을 걸세. 자네는 너무 순수해. 이 연예계에서 살아남기가 쉽지 않을 걸세. 그러니 내가 도와준다는 거 아닌가?"

"마음 써주신 점은 감사하지만, 거절하겠습니다."

현우는 이장호의 설득과 회유에도 굴하지 않고 단호하게 거절을 했다. 시종일관 여유롭던 이장호가 굳은 얼굴을 했다.

"정말 내 제안을 거절하는 건가?"

"회장님께서 어울림을 생각해 주시는 마음은 감사히 받겠습니다. 하지만 어울림은 그렇게 쉽게 무너지지 않습니다. 그리고 저는 최고의 매니저를 목표로 하고 있습니다. 죄송하지만 회장님과는 목표가 맞지 않는 것 같습니다."

"진심인가?"

"예. 그리고 무리한 사업 확장만 하다가는 놓치는 게 생기게 마련이죠."

이장호의 얼굴로 균열이 갔다. 현우가 정곡을 찔렀기 때문이다.

"매니지먼트 1팀과 매니지먼트 2팀 사이에 알력 싸움이 보통이 아닌 거 같더군요. 회장님이 하루빨리 경영에 복귀를 하셔야 하지 않겠습니까? 엄한 곳에 눈길 돌리시다간 S&H가 두 갈래로 나뉠 수도 있습니다."

"……."

이장호 회장은 아무런 말도 하지 못했다. 사실 유럽 여행 중에 급히 귀국을 한 까닭에는 S&H의 내부 사정도 연관이 있었다.

"매니지먼트 2팀 사람들은 회장님께서 인수 합병했던 레드핑크 엔터 출신들 아닙니까? 제가 보기에는 다른 꿍꿍이들이 있는 거 같은데요?"

레드핑크 엔터테인먼트는 S&H에 인수 합병되기 전까지 유명 배우들이 포진해 있는 중대형 기획사에 속했다. 그래서 현우도 과거로 돌아오기 전에는 매니지먼트 2팀에서 신인 배우들을 관리하기도 했었다.

"자네가 그걸 어떻게 알고 있나?"

잠시 침묵이 흘렀다. 그러다 이장호의 얼굴이 풀어졌다.

"내가 자네를 너무 얕봤군. 미안하네. 투자나 인수와 관련된 이야기들은 없었던 걸로 하지. 솔직히 말하면 자네라는 사람이 탐이 났네. 내 밑에 두고 싶다는 생각이 들었거든. 그런데 회유 불가니 더 뭐 어쩌겠는가? 허허."

이장호가 너털웃음을 지으며 말을 마무리했다. 그제야 현우도 씩 웃었다.

"아닙니다. 저도 말이 좀 지나쳤습니다. 사과드리겠습니다."

"아니네. 젊은 나이에 그 정도 패기는 있어야지."

"이해해 주셔서 감사합니다. 그럼 이제 본격적으로 경영에 복귀하시는 겁니까?"

현우는 이장호를 만나기 전 가장 궁금했던 것을 물어보았다.

"원래는 더 쉬려고 했네만. 자네 말대로 회사 사정이 조금 복잡해. 이제 슬슬 복귀해야 하지 않겠나?"

"괜히 제가 다 떨리는데요?"

"그런가? 하하하!"

이장호가 호탕하게 웃었다. 반면 현우는 마음 편히 웃지 못했다. 이장호가 복귀를 한다면 매니지먼트 1팀이 다시 힘을 얻을 것이다. 그리고 이장호가 그냥 마음 편히 유럽을 돌아다녔을 것이라는 생각은 들지 않았다.

1세대, 2세대 아이돌에 이어 제2의 아이돌 열풍을 이끌고 있는 걸 그룹 걸즈파워도 이장호의 작품이었다.

'분명 세상이 놀랄 만한 아이돌 그룹을 선보이겠지? 기대되는데?'

많은 이야기들이 오고 갔던 식사가 끝나고 레스토랑 입구로 고급 대형 세단이 들어왔다. 운전기사가 문을 열어주자 이장호가 뒷좌석으로 올라탔다.

"오늘 즐거웠네. 다음에는 와인 한잔하지."

"예. 연락 기다리겠습니다."

이장호를 태운 차량이 레스토랑을 벗어났다. 현우도 봉고차에 올라탔다.

사무실로 돌아가는 내내 현우는 많은 생각이 들었다. 현우의 입장에서는 오늘 여러모로 얻은 것들이 많았다.

먼저 이장호라는 인물에 대해 파악할 수 있었다. 또한 이장호가 조만간 S&H의 경영에 복귀를 한다는 사실도 알아내었다.

그리고 무엇보다도 연예계가 얼마나 비정한 곳인지를 뼈저리게 느낄 수 있었다.

'친히 투자까지 해주고 그 다음에는 우리 어울림을 인수하겠다고?'

현우는 자존심이 상했다. 이장호까지도 어울림과 송지유의 가치를 그저 반짝하는 일회성으로 판단하고 있었다.

'두고 보자. 조만간 전부 내 발 밑에서 기어야 할 거다.'

현우는 전의를 불태웠다.

*　　　*　　　*

어울림에서 50미터 정도 떨어진 신축 건물에 새로운 어울림이 정식으로 자리를 잡았다.

지하 1층, 지상 3층짜리 신축 건물을 현우는 통째로 임대했다. 보증금 2,000에 월세는 도합 250만 원. 아직은 뒷골목 수준인 연남동이었기에 가능한 일이었다.

"와아. 새 건물이라 확실히 기분이 좋아요."

김은정이 감탄을 했다. 현우는 픽 웃으며 송지유를 바라보았다. 송지유가 꼼꼼하게 건물 외관을 살피고 있었다.

"지유, 너는 마음에 들어?"

"마음에 들어요."

"다행이네."

그때 저쪽에서 아이들이 우르르 몰려오고 있는 게 보였다. 이솔의 모습도 보였는데 배하나와 이지수의 사이에 껴서 끌려오는 꼴이 너무 귀여웠다.

"우아! 우아! 우리 사무실이에요?!"

배하나가 괴상한 소리를 내며 흥분을 감추지 못했다. 다른 아이들도 초롱초롱한 눈동자를 하고 있었다.

"그래. 앞으로 여기가 우리 어울림의 본진이 될 거다."

"본진?"

이솔이 고개를 갸웃하며 작게 중얼거렸다. 현우가 이솔의 머리로 손을 올려놓았다.

"내가 어려운 말을 썼구나. 그냥 뭐, 집? 이런 개념이야."

"무슨 말인지 알겠어요. 감사합니다."

이솔이 꾸벅 고개를 숙였다. 예의범절이 몸에 배인 아이였다. 또 다행인 건 며칠 사이에 많이 밝아졌다는 것이었다. 현우의 시선이 네 아이들에게 향했다.

"하나랑 지수가 솔이랑 가까운 동네에 살고 있었어요. 그래서 밥 몇번 같이 먹었어요, 매니저님."

김수정이 차분하게 그간 있었던 일들을 설명했다. 이솔의 머리에 올라가 있던 손이 김수정의 머리로 옮겨갔다.

"잘했어. 수정이랑 지연이가 아이들을 잘 챙기는구나."

"어? 저랑 지수는 왜 빼요?"

배하나가 서운한 표정을 하며 물었다. 현우는 픽 웃었다.

"누가 봐도 너희들 셋은 보살핌의 대상이니까."

"헤헤. 맞는 말이긴 해요. 어?!"

배시시 웃던 배하나가 깜짝 놀랐다. 현우 뒤쪽에 서 있는 송지유를 발견했기 때문이었다. 아이들이 사색을 하며 송지유를 향해 90도로 고개를 숙였다.

"선배님! 안녕하세요!"

"안녕? 근데 부담스러우니까 편하게 할래? 나 볼 때마다 그렇게 인사하면 허리 다쳐. 너희들 춤추는 아이돌이잖아. 안 그래?"

"네! 선배님! 감사합니다!"

"그렇게 하지 말라니까."

송지유가 말했다.

"네! 선배님!"

아이들이 또 입을 모아 소리쳤다.

"하아. 너희들 정말."

결국 송지유가 고개를 저으며 한숨을 내쉬었다. 송지유를 향한 아이들의 눈동자에는 동경이 가득했다. 부담스러워하는 송지유와 달리 현우는 순수한 아이들이 귀엽기만 했다.

"이해해라. 한참 저럴 나이잖아."

"그래봐야 저랑 두세 살 차이에요."

"미성년자랑 성인의 차이지."

"말 다했어요?"

"악!"

송지유가 현우의 팔뚝을 꼬집었다.

그사이 어울림의 식구들이 하나둘 도착했다. 손태명과 오승석이 먼저 도착했고, 김정호와 추향도 건물 앞으로 도착했다.

"자. 그럼 식구들이 모두 모였으니까 본격적으로 건물 구경 좀 할까요?"

"네에! 빨리해요!"

배하나가 손을 들고 버럭 소리를 질렀다. 옆에 서 있던 이솔이 멍을 때리고 있다가 화들짝 놀랐다. 현우는 간신히 웃음을 참으며 먼저 건물 안으로 들어섰다.

신축 건물답게 외관뿐만 아니라 내부도 깨끗했다. 현우는 먼저 지하 1층으로 내려갔다. 지하 1층은 유난히도 넓었다.

"여긴 앞으로 너희들이 연습할 안무 연습실이야."

아이들이 초롱초롱한 눈동자로 안무 연습실을 둘러보았다.

"마음에 들어?"

"네! 엄청 좋아요!"

지하라 아이들의 목소리가 울렸다.

"미안한데 한 명씩 따로 말하면 안 되냐? 그건 그렇고, 태명아, 연습실 공사는 언제부터야?"

"내일부터 공사 들어갈 거야."

"수고했다. 들었다시피 내일부터 연습실 공사 들어간다. 방음장치랑 전신 거울도 설치할 거고, 필요한 거는 죄다 설치할 거야."

"감사합니다, 매니저님."

김수정이 대표로 말했다. 현우가 진지한 얼굴로 아이들을 바라보았다.

"연습실도 생겼겠다. 연습들 열심히 해. 올해가 지나가기 전에는 무조건 너희들 데뷔시킬 계획이니까."

현우의 말에 아이들이 얼어붙었다. 현재 날짜는 5월의 끝자락에 머물러 있었다. 올해라고 해 봐야 6개월도 채 남지 않았다.

"그렇게 빨리 데뷔를 해도 될까요? 아직 저희들은 부족한 게 많아요."

유지연이 자신 없는 얼굴로 말했다.

"부족한 게 뭐가 있는데? 6년이나 연습생 생활했으면 충분해. 내가 저번에 말했지? 기간이 중요한 게 아니라고 말이야. 짧은 기간이라도 뭘 익히고 뭘 깨닫느냐가 더 중요한 거야. 지난번에 보여주었던 GOGO Dance 무대처럼만 해. 그럼 데뷔도 문제없을 거야. 그리고 한 가지 더 말해줄까? 지유는 연습 기간이라고 해봐야 겨우 한 달 조금 넘을걸?"

"네에?!"

아이들이 일제히 경악했다. 그리고 급격하게 소심해졌다.

"기죽을 필요 없어. 지유는 자기가 잘하고 또 하고 싶은 걸 했을 뿐이야. 그래서 결과도 더 좋았던 거고."

아이들은 현우의 말을 쉽사리 받아들일 수 없었다. 마치 밥 아저씨가 그림을 그리며 참 쉽죠? 라고 말을 하는 것 같았다.

"너희들은 그냥 나만 믿고 따라오면 되는 거야. 그러니까 걱정들은 말고 데뷔 준비 착실히 하자. 알았지?"

"네! 전 매니저님 무조건 믿을 거예요!"

배하나가 헤헤 웃으며 말했다. 송지유가 고개를 저으며 한숨을 내쉬었다.

지하 1층 안무 연습실을 둘러보고 현우는 계단을 통해 1층으로 올라갔다. 1층 역시 집기 하나 없이 텅 비어 있었다.

"1층은 편하게 쉴 수 있도록 카페처럼 꾸밀 생각입니다."

"좋은 생각이네요. 현우 씨."

추향이 현우의 생각을 적극적으로 지지했다.

"좀 쉬고 놀 곳도 필요하니까요."

이번에는 2층으로 향했다. 현우는 김정호를 바라보며 입을 열었다.

"2층은 녹음실로 만들어볼 생각입니다."

"스튜디오를 만들겠다고? 돈이 엄청 들 텐데?"

회사 사정을 뻔히 알고 있는 오승석이 걱정이 되어 물었다. 현우는 고개를 끄덕거렸다. 그러면서도 미안한 얼굴을 했다.

"지금 당장은 여유 자금이 없어. 그래서 당분간은 승석이네 장비들이랑 정호 형님 장비들을 들여와야 할 것 같아. 그대신 음원 수입이 정산되면 그때 최신 장비들로 교체해 줄게."

"그래, 좋은 생각이네. 음원 수입이 어마어마할 테니까. 그러고 보니 정호 형님도 돈 좀 만지시겠는데요?"

"저는… 그런 것들은 잘 모릅니다. 그냥 기분이 좋네요. 처음으로 제대로 된 작업실이 생기는 거니까요."

"저도 마찬가지입니다. 정호 형님."

두 사람이 만족스러운 얼굴을 했다. 종로의 봄의 음원 수입은 대형 음원 사이트인 코코넛과 다른 음원 사이트들에게 40%을 떼어 준다고 해도 상상을 초월할 수준이었다.

게다가 종로의 봄은 아직까지도 음원 차트 1위를 굳건히 지키고 있었기에 앞으로 음원 수입이 얼마나 될지는 아무도 몰랐다. 심지어 종로연가도 2~4위권을 계속해서 유지하고 있었다.

"3개월 뒤에 정산이니까 다들 기대하세요. 한우로 소고기 파티 열 겁니다."

현우가 씩 웃으며 말했고 아이들이 환호성을 질렀다. 현우는 음원 수입으로 최소한 억 단위로 두 자릿수를 기대하고 있었다.

그렇게 음원 수입이 정산되면 어울림은 본격적으로 비상을 할 수 있게 된다. 물론 그전에 소화해야 할 스케줄도 산더미였다. 그리고 이 모든 것들이 다 결국 돈이라 할 수 있었다.

'뭐 태명이가 말했던 것처럼 돈 쓸어 담을 일만 남은 거지.'

마지막으로 현우는 식구들을 데리고 3층으로 올라갔다. 의자 하나 달랑 놓인 것 빼고는 3층 역시 텅 비어 있었다.

"3층은 사무실로 쓸 겁니다. 그리고 은정이 너, 방학 동안 코디 아르바이트 해라. 월급 짱짱하게 챙겨줄게."

"우와! 고마워요! 오빠! 그럼 등록금은 해결이네요?!"

"당연하지."

"나이스! 나이스!"

김은정이 좋아서 어쩔 줄을 몰랐다.

"근데 사무실이 너무 썰렁한 거 아니에요? 아무것도 없잖아요. 우리 돈 남은 거 있어요? 이것저것 채워 넣으려면 돈 많이 들 텐데."

송지유가 현우에게 물었다. 대답 대신 현우가 손태명을 슥 쳐다보았다.

"태명아."

"내일 사무실 집기들 다 채워질 거야. 연습실 시공하시는 분들이 저렴한 곳을 소개해 주셨거든. 반값에 해주시기로 했어."

"잘했어. 역시 내 친구다."

"네 개인 비서가 아니고?"

"야! 친구끼리 섭섭하게 말이 심하네."

"이럴 때만 친구냐. 김현우."

결국 현우와 손태명이 서로를 보며 웃었다.

현우가 달랑 하나 놓인 의자로 털썩 앉았다. 어울림의 식구들이 모두 현우를 바라보고 있었다.

"앞으로 다들 정신없이 바빠질 겁니다. 각오들 단단히 해두세요. 그리고 지유야. 너한테 우리 어울림이랑 식구들의 미래가 달려 있어. 잘할 수 있지?"

현우의 무거운 말에도 송지유는 눈 하나 깜짝하지 않았다. 대신 희미한 미소를 머금었다.

"저도 오빠만 믿고 따라 갈게요. 그러니까 오빠나 각오 단단히 해요."

"물론이지. 내일 광고 미팅 하나 있거든? 아직은 확실하지 않아서 말 못 하지만 엄청나게 큰 대형 광고야. 계약만 성사되면 금액도 어마어마할 거야."

현우가 손가락으로 동전 모양을 만들어 보였다. 어울림의 식구들도 잔뜩 기대 어린 표정들을 하고 있었다.

"그러니까 내일 거기서 우리의 결의를 보여주자고."

현우가 장난스럽게 말했다.

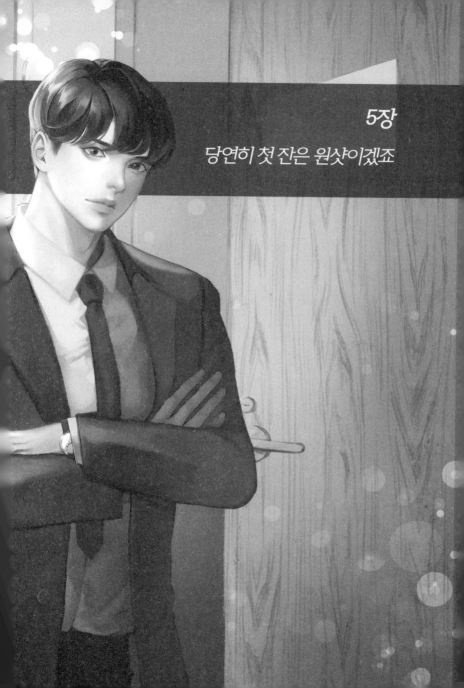

5장

당연히 첫 잔은 원샷이겠죠

[S&H 이장호 회장, 잠행 끝에 경영 전격 복귀!]
[S&H 주가 상승! 이장호 회장의 화려한 컴백!]

'성질 급한 양반이네. 벌써 복귀를 한다고?'

노트북 화면 속 인터넷 기사를 읽어 보며 현우는 혀를 찼
다. 한정식 레스토랑에서 식사를 한 지 이틀도 되지 않아 경
영 복귀를 선언했다.

현우는 다른 기사들도 살펴보았다. 음원 차트 올킬을 달성
중인 송지유와 종로의 봄에 대한 기사들이 여전히 많았다. 그

중에 유독 눈이 가는 기사가 있었다.

[팬들은 송지유 금단현상 토로! 앞으로의 행보는?]

현우는 댓글들을 살펴보기 시작했다.

—여왕님! TV에 또 언제 나옵니까? 진짜 금단현상이 ㅠㅠ (공
감860/비공감31)
—예능 좀 나와주세요. 제발! 제발! (공감772/비공감56)
—매니저는 뭐 하냐! 일 좀 해라 ㅋㅋ (공감690/비공감140)

"일 좀 하라고? 아니, 나도 하루에 4시간밖에 못 잔다고!"
현우는 뜨끔한 나머지 혼자 소리를 지르고 말았다. 송지유
의 마지막 방송은 MBS의 음악캠프였다.
그러고 보니 공중파에 얼굴을 비춘 지도 제법 시간이 흘렀
다. 연예계는 흐름이 유난히 빠르다. 며칠만 TV에 나오지 않
아도 대중들이 느끼는 공백은 크다.
'조만간 예능 프로 몇 개 잡아야겠네.'
이미 섭외는 끝도 없이 밀려와 있었다. 현우나 송지유가 고
르기만 하면 그만이었다.
오전 9시가 조금 넘어 인테리어 업체 사람들이 도착했다.

현우는 홀로 업체 사람들을 맞아주었다. 지하 1층 안무 연습실로 공사를 위한 자재들이 하나둘 쌓여갔다. 먼저 3층 사무실로 사무용 책상과 파티션, 의자들이 채워졌다. 그리고 오전 10시가 넘어서 송지유가 김은정과 함께 나타났다.

"송, 송지유다!"

업체 쪽 사람들이 난리가 났다.

"안녕하세요. 고생하시네요."

"아닙니다! 당연히 할 일이죠!"

업체 사람들 대부분이 2, 30대라 송지유를 향해 우르르 몰려들었다. 송지유의 실물을 코앞에서 본 사람들이 멍한 얼굴을 했다.

"간단하게 줄 좀 서주세요. 지유가 사인해 드릴 겁니다."

현우는 소란스러워진 장내를 대번에 정리했다. 송지유가 10명이 훌쩍 넘는 업체 쪽 사람들에게 정성스레 사인을 해주었다.

업체 쪽 사람들이 들뜬 마음으로 하나둘 일터로 돌아갔다. 그런데 마지막으로 사인을 받은 업체 쪽 팀장이 자꾸만 현우의 주위를 맴돌았다.

"팀장님, 무슨 하실 말씀이라도 있습니까? 아! 지유랑 사진 찍어 드릴까요?"

"네? 네! 영광입니다!"

현우가 먼저 말을 걸자 팀장이 반색을 했다. 현우는 사진까지 친히 찍어주었다. 그런데도 팀장이 쭈뼛거리며 현우와 송지유 근처를 벗어나지 못하고 있었다.

"저… 매니저님?"

"저도 사인해 드릴까요?"

현우가 픽 웃으며 말했다. 팀장이 손사래를 쳤다.

"아, 아니요!"

"그럼 뭐, 하실 말씀이라도?"

"이거 받아주세요."

현우는 팀장이 건넨 명함 하나를 받았다. 현우는 천천히 명함을 살펴보았다. 단순한 명함이 아니었다.

명함에는 팀장의 이름 대신 SONG ME YOU라는 영문이 적혀 있었다. 그리고 송지유 1호 팬클럽이라는 글귀가 적혀 있었다.

그러고 보니 명함이 쓸데없이 고퀄리티였다. 황금빛으로 반짝이는 명함에 송지유의 개나리 색깔 원피스가 프린팅되어 있었다.

"이거 혹시 우리 지유 팬클럽인 겁니까? SONG ME YOU라. 좋은데요? 지유야, 이것 좀 봐."

송지유가 다가오자 팀장의 얼굴이 붉어졌다. 현우가 팬클럽 명함을 보여주었다. 송지유도 명함을 살펴보았다. 팀장이 잔뜩 긴장한 얼굴로 송지유의 눈치를 살폈다. 무표정이라 도무지 어떤 반응을 보일지 감이 안 잡히는 모양이었다. 드디어 송지유가 입을 열었다.

"팬클럽 사이트 보여주세요."

"네? 네! 다, 당장 보여드릴게요!"

팀장이 급히 핸드폰으로 팬클럽 사이트에 들어갔다. 현우와 송지유가 동시에 핸드폰을 들여다보았다. 현우는 깜짝 놀랐다. 대형 포털 사이트의 카페였는데 회원 숫자만 10만 명이 넘어 있었다.

'이 정도면 어지간한 대형 커뮤니티랑 맞먹는 수준인데? 뭐야, 이거?'

팀장이 다르게 보였다.

"혹시 팀장님이 카페 운영자십니까?"

"아, 아뇨. 저는 정회원입니다."

"정회원이요?"

"예. 어제 정회원으로 겨우 승급했거든요. 정말 힘들었어요. 우리 SONG ME YOU는 아무나 정회원으로 받아주지 않거든요."

"정회원 조건이 뭡니까?"

"평균 접속 시간 3시간에, 일주일에 글 10개 이상을 남겨야 합니다. 댓글도 15개 이상이고요. 그리고 시험도 봅니다."

"시험까지 봐야 해요?"

송지유가 고개를 갸웃거렸다.

"네. 총 20문제 나오고요. 15개가 커트라인인데, 전 1개 틀리고 다 맞았습니다! 하하하!"

30대가 훌쩍 넘은 팀장은 정말로 자랑스러워하고 있었다. 자칫 이상하게 보일 수도 있었지만 송지유는 미소를 짓고 있었다.

"어떤 문제를 틀렸어요?"

"지유 님과 가장 친한 가수 문제를 틀렸습니다. 전 딱히 없다고 생각했는데 핑크플라워랑 친하다는 게 답이었어요."

"그 문제 틀렸네요. 저 친한 가수 없어요."

송지유의 표정이 차가워졌다. 저번 음악캠프 방송 때, 자주 투 샷이 잡혀 친하다고 알려져 있는 모양이었다. 또 송지유가 1위 수상을 할 때 상심한 핑크플라워가 자리를 뜨지 못하고 있었는데, 그것조차도 축하를 해주는 모양새로 보였던 것 같았다.

"아, 그렇습니까? 그럼 제가 다 맞춘 거네요? 전 없다고 썼거든요."

송지유는 대답 대신 또 미소를 지었다.

"아아!"

연이은 미소에 팀장이 감격에 겨워하고 있었다. 그사이 현우는 SONG ME YOU 카페를 들여다보고 있었다. 10만 명이라는 어마어마한 회원 수답게 팬들의 활동이 왕성했다. 포털에서도 보지 못했던 송지유의 사진들이 수없이 돌아다니고 있었다. 게시판도 다양했다. 그러다 현우의 시선이 한 곳에서 멈추었다.

'팬픽 게시판?'

일단 호기심에 팬픽 게시판을 눌러보았다. 가장 인기가 좋은 글의 제목이 '나는 매니저다'였다. 왠지 모르게 불안감이 엄습했다. 내용이 궁금해서 현우는 대충 아무 편이나 눌러보았다.

"너 오늘 왜 이래? 스케줄 다 망칠 생각이야?!"

"왜요? 이 상황에서도 나는 스케줄 소화해야 해요?"

"지유야! 일은 일이고 사는 사야! 왜 구분을 못해?!"

"헤어져요."

"뭐?"

"엘시랑 헤어져요."

엘시라면 실제로 걸즈파워의 멤버 중 한 명이었다.

"내가 왜?"

"헤어져요. 저… 사실 현우 오빠 좋아해요. 내가 먼저 좋아했단 말이에요."

현우는 입을 벌리고 할 말을 잃었다. 그 뒤로는 더 가관이었다. 어울림 소속의 여자 연예인들 중 세 명이나 더 소설 속의 현우를 짝사랑하고 있었다.

'미친! 하필 주인공이 왜 난데?!'

당황스러웠다. 물론 너무 고마웠다. 그런데 뭔가 무서웠다. 현우는 혹여나 송지유가 볼까 서둘러 뒤로 가기를 눌렀다. 일단 이 소설의 주인공이라든지 연재 방향을 바꿔볼 생각이었다.

"팀장님. 저도 가입해도 되겠습니까?"

"저도 가입할래요."

송지유까지 그렇게 말하자 팀장이 반색을 했다.

"저, 정말입니까? 현우 대표님이랑 지유님이 가입만 해주신다면 우리 카페 회원들이 정말 행복해할 겁니다! 자, 잠시만요! 일단 운영자님한테 전화 좀 할게요."

팀장이 황급히 어디론가 전화를 걸었다.

"사, 사장님! 박 팀장입니다! 지금 큰일 났습니다! 오늘 어울림 인테리어한다고 말씀드렸죠? 여기서 현우 대표님이랑 지유 님 만났습니다! 네네! 진짜예요! 사인요? 사장님 것도 당연히 챙겼죠! 예쁘냐고요? 당연하죠! 우리 지유 님, 실물이 몇 배는 아름다우십니다. 하하! 저 사진도 같이 찍었어요! 아, 아니! 왜 욕을 하세요?! 저보고 현장 나가라고 하셨잖아요! 왜 이제 와서 제 탓을 하세요? 지금 오시겠다고요? 일본 출장 중이시잖아요! 일본 프로젝트 놓치면 회사 타격 큰 거 모르세요? 진정하시고요. 잘 들으세요. 현우 대표님이랑 지유 님이 카페 가입하신답니다. 하하! 네네, 진짜예요! 아! 왜 갑자기 소리를 지르세요?! 귀청 떨어질 뻔했잖습니까!"

팀장과 운영자로 추정되는 사장과의 통화를 들으면서 현우는 이마를 짚었다. 그러면서도 왠지 모르게 마음 한구석이 뿌듯했다.

남자가 서른 살을 훌쩍 넘기고 나면 그동안 재미있던 모든 것들이 시들시들해진다. 그래서 술과 담배에 더 집착을 하게 되는 경우가 종종 있다.

'나도 과거로 돌아오기 전에는 술, 담배가 유일한 낙이었지.'

송지유도 현우와 같은 생각을 하는지 보기 드물게 부드러운 미소를 짓고 있었다. 그사이 통화가 끝이 났다.

"죄송합니다. 통화가 길었습니다. 사실 사장님이 지유 님 팬이세요. 카페 운영자 중에 한 분이시기도 합니다. 사장님께서 지금 운영자들한테 연락 돌린다고 난리세요."

"그럼 이제 현우 오빠랑 같이 가입할 수 있는 거예요?"

"그, 그럼요! 사장님께서 그러시는데요, 지유님을 위해서 송인형, 송여왕, 송리오네트, 얼음인형 같은 별명들은 전부 금지 닉네임으로 설정해 두었답니다."

"호오. 그래요?"

현우는 감탄했다. 진짜 송지유를 아끼는 팬들답다는 생각이 들었다. 현우는 문득 박 팀장의 닉네임이 궁금했다.

"박 팀장님 닉네임은 뭡니까?"

"아……."

왠지 모르게 박 팀장이 망설였다. 송지유의 눈매가 가늘어졌다. 박 팀장이 갑자기 식은땀을 흘렸다. 그러다 겨우 입을 열었다.

"얼굴천재지유입니다……."

"풋."

"하하하!"

송지유가 웃음을 터뜨렸다. 현우는 박장대소를 했다. 곰같이 생긴 외모와 다르게 작명 센스가 보통이 아니었다.

"미안합니다. 그냥 진짜 웃겨서 웃은 겁니다."

현우는 급히 사과를 했다. 송지유가 아직까지도 입을 가린 채로 웃고 있었다. 현우도 난생 처음 보는 모습이었다. 박 팀장이 함박웃음을 지었다.

"제, 제가 지유 님을 웃게 해드린 거죠? 그런 거죠?"

"네, 뭐 그런 것 같습니다."

"그럼 저는 만족합니다! 하하하!"

닉네임 소동이 일단락되고 현우와 송지유가 나란히 카페에 정식으로 가입을 했다.

*   *   *

"얼굴 천재 지유야."

"하지 말아요! 배 아프단 말이에요!"

현우가 뒷좌석에 앉아 있는 송지유를 놀렸다. 송지유가 현우를 쏘아보면서 웃음을 참고 있었다. 김은정은 아예 대놓고 까르르 웃었다. 송지유가 그런 김은정과 현우를 차가운 얼굴로 노려보았다. 여기서 더 하다간 진짜로 화를 낼 수도 있었다.

"알았어. 그만할게. 그나저나 팬 카페에 글은 올렸어?"

"아직 안 올렸어요. 미팅 갔다가 정식으로 올릴 거예요."

"오호. 팬들을 제법 아끼는데?"

"당연한 소리 하지 말아요. 내 팬이니까 내 사람들이잖아요."

현우는 백미러를 통해 보이는 송지유의 단호한 태도가 정말로 만족스러웠다. 연예계에서는 하루아침에 스타가 되고 나면 달라지는 연예인들이 정말로 많았다. 매니저며 주변 사람들은 아예 사람 취급도 하지 않는다. 하물며 팬들은 어떨까.

앞에선 귀찮아하고 뒤에선 욕을 하는 게 태반이다. 보통 사람들은 쉽게 이해할 수 없는 일이지만 현우는 과거로 돌아오기 전에 한번 경험을 해본 적이 있었다.

'하수연.'

오랜만에 떠올려 보는 이름에 괜스레 씁쓸했다. 하수연은 현우가 발굴한 신인 여배우였다. 강철태가 현우로부터 하수연을 뺏어 갔고, 단 몇 개월 만에 하수연은 가장 주목받는 신예 여배우가 되었다. 우연히 마주친 S&H 본사의 지하 주차장에서 하수연은 현우에게 인간적으로 배신감을 주고 말았다.

"로드 매니저 따위가 지금 나한테 반말한 거예요? 재수 없어!"

오빠라고 부르며 따를 때와는 전혀 달라진 모습에 현우는 큰 상처를 받은 적이 있었다.

'뭐 다 흘러간 이야기고, 우리 지유는 싸가지는 조금 없어도 착하고 의리가 있으니까 다행이야.'

생각에 잠겨 운전을 하다 보니 어느새 목적지에 당도했다. '재임 미디어'라고 새겨진 커다란 간판이 눈에 띄었다.

"여기예요?"

"응. 재임 미디어라고 우리나라에서 제법 유명한 광고 회사야. 근데, 슬슬 들어가야 할 것 같다."

초록색 봉고차를 알아보고 길을 지나가던 사람들이 수군거리기 시작했다. 현우는 급히 송지유와 김은정을 이끌고 빌딩 안으로 들어섰다.

외국계 프랜차이즈 카페의 문을 열고 들어가니 벌써 재임 미디어 쪽 관계자들이 현우 일행을 기다리고 있었다. 송지유를 발견한 재임 미디어 쪽 사람들이 벌떡 일어나 반색을 했다. 현우는 차분하게 관계자들을 스캔했다.

'뭐야? 다들 얼굴 표정들이 왜 이래?'

무언가 이상했다. 그저 단순히 반가워하는 수준이 아니었다. 뭐랄까. 구세주를 바라보는 것 같은 간절한 표정을 하고 있었다.

현우의 예감은 이번에도 빗나가지 않았다. 재임 미디어는 현재 위기에 봉착해 있었다. 재임 미디어를 업계 4위의 광고 회사로 만들어준 원동력에는 소주 광고의 힘이 컸다. 재임 미디어는 소주 시장 업계 1위인 맑은이슬의 광고를 5년째 도맡아 하고 있었다. 그리고 이를 원동력으로 여러 광고들을 따내고 있는 실정이었다. 그런데 맑은이슬을 제조하는 주로사(社)의 경영진이 교체되면서 새롭게 광고 회사들 간에 경쟁이 붙고 만 것이었다.

많은 광고 회사들이 이 대형 광고를 따내기 위해 입찰에 참가했다. 재임 미디어 쪽에서 우려하고 있는 것은 업계 1위인 신창 기획도 이번 입찰에 뛰어들었다는 사실이다.

재임 미디어 관계자들의 상황 설명에 현우는 습관적으로 턱을 매만졌다. 왜 이렇게들 과민 반응을 하고 있는지 그 이유가 궁금했다.

"어쨌든 5년 동안 맑은이슬 광고를 쭉 도맡아 오신 거 아닙니까? 신창 기획이 대형 광고 회사이긴 하지만 재임 미디어 쪽이 유리한 위치에 있는 건 사실일 텐데요?"

"그게… 사정이 좀 생겼습니다."

"사정이요?"

"생각지도 못한 사고가 났습니다."

팀장 최민철이 어두운 얼굴을 했다. 현우가 눈을 찌푸렸다.

'설마 광고 모델이 사고라도 친 건가?'

광고에서 가장 중요한 존재는 광고 회사도, 광고주도, 그리고 제품도 아닌 광고 모델이었다. 광고라는 것 자체가 대중들의 감성을 자극하여 소비 욕구를 끌어내는 데 가장 큰 목적을 가지고 있기 때문이었다.

'맑은이슬 광고 모델이 서주아였지?'

서주아는 2년 동안 맑은이슬의 광고 모델이었다. 또한 대한민국에서 손꼽히는 탑 여배우이기도 했기에 현우는 서주아를 잘 알고 있었다.

지금은 정점을 찍고 있지만 이 시점부터 서주아는 잦은 물의로 정상의 자리에서 내려오게 된다.

"혹시 서주아 씨가 음주 운전이라도 한 겁니까?"

재임 미디어 관계자들이 화들짝 놀라며 서둘러 주변을 살폈다. 혹여나 누가 들었을까 전전긍긍한 모습이었다.

"어, 어떻게 그걸 알고 계시는 겁니까? 주로랑 저희 쪽에서 간신히 언론을 틀어막고 있어서 아직 기사 한 줄도 나가지 않았는데……."

최민철이 당황함을 숨기지 못했다. 현우는 한숨을 푹 내쉬었다. 재임 미디어 쪽에서 왜 이렇게 불안해하는지 이제야 이해가 되었다.

엄밀히 따지자면 서주아의 음주 운전 스캔들은 광고 회사의 잘못이 아니다. 하지만 광고주 입장에서는 마른하늘에 날벼락이 떨어진 꼴이었다. 광고주의 입장에서 책임을 물을 상대로 가장 만만한 것은 바로 광고 회사였다.

"그래서 우리 지유한테 미팅을 요청하신 겁니까?"

송지유는 근래 대중들에게 가장 많은 사랑과 관심을 받고 있는 연예인이었다. 조만간 언론에 공개될 서주아의 음주 운전 스캔들로 인한 제품의 이미지 타격을 덮기에도 충분했고, 신창 기획과의 입찰 경쟁에서도 강력한 카드가 될 수 있었다.

"네. 그렇습니다. 하지만 그런 이유만으로 지유 씨를 저희 쪽 모델로 선정한 건 아닙니다. 저희가 세운 광고 크리에이티

브 전략에는 지유 씨가 가장 적합했습니다. 믿어주세요, 매니
저님."

"……."

현우는 팔짱을 낀 채로 생각에 잠겼다. 재임 미디어의 상황
은 그야말로 최악이었다. 그들에게 송지유는 동아줄이나 마찬
가지였다. 하지만 현우와 송지유의 입장에서는 처음부터 불리
한 조건을 안고 입찰 경쟁에 뛰어들게 되는 상황이었다.

'후우, 어렵군.'

송지유에게 들어온 수많은 광고 중 하나라 생각할 수도 있
겠지만, 소주 광고는 탑 연예인들도 쉽사리 할 수 없는 광고였
다. 소주 광고야말로 당대 최고의 여자 연예인만 할 수 있는
것이다.

경쟁사가 로데 주류의 오늘처럼뿐인 것을 고려하면 단 두
명만 소주 광고를 할 수 있었다. 그만큼 소주 광고가 가지고
있는 상징성은 컸다. 송지유가 이번에 소주 광고를 따낸다면
명실상부한 탑 연예인으로서의 포지션을 잡을 수 있었다. 매
니저인 현우의 입장에서는 고민을 할 수밖에 없었다.

"일단 생각 좀 해보겠습니다."

"매, 매니저님!"

최민철과 관계자들의 얼굴이 절망으로 물들었다. 지금 여
기서 확답을 얻지 못하면 재임 미디어 입장에서는 동아줄을

놓칠 수도 있는 상황이었다.

"제발 저희 좀 도와주십시오! 광고주 프레젠테이션까지 이제 겨우 사흘 남았습니다. 거절하시면 저희 정말 큰일 납니다!"

"도와주십시오! 매니저님!"

최민철과 관계자들이 고개까지 숙이며 애원을 했다. 주변에서 시선이 쏟아졌다. 현우는 난감했다.

"후우. 그럼 신창 기획에서 밀고 있는 모델은 누굽니까?"

현우의 질문에 최민철과 관계자들의 얼굴로 일말의 희망이 어렸다. 최민철이 급히 입을 열었다.

"업계 소문에 의하면 S&H의 걸즈파워, 아니면 핑크플라워 둘 중에 하나라고 하더군요. 저희 쪽에서는 핑크플라워를 유력한 광고 모델로 보고 있습니다. 아무래도 걸즈파워는 휴식기니까요."

"……!"

현우의 표정이 흔들렸다. 핑크플라워는 왕성한 예능 활동으로 점점 인기를 얻고 있었다. 제2의 걸즈파워라고 불리고 있을 정도였으니 말이다. 하지만 현우는 이장호 회장의 존재가 가장 먼저 떠올랐다.

'신창 기획 쪽은 걸즈파워겠구나.'

이장호가 경영에 복귀했다. 그래서인지 조만간 걸즈파워도 컴백을 할 것 같다는 예감이 들었다. 맑은이슬 광고를 신호탄으로 걸즈파워가 컴백을 한다면 이보다 더 좋은 상황은 없다. 말 그대로 이장호와 걸즈파워의 화려한 컴백이 될 것이다.

'그 양반도 나랑 같은 생각을 하고 있겠지?'

긴장이 되었다. 그러면서도 승부욕이 불타올랐다. 현우가 송지유를 쳐다보았다.

"지유야. 소주 광고 할래?"

"할래요. 안 되면 그만이고, 되면 좋은 거잖아요."

역시 송지유였다. 쿨 내가 진동을 했다. 현우가 씩 웃었다. 더 망설일 것도 없었다.

"좋습니다. 광고 하겠습니다."

"가, 감사합니다! 감사합니다!"

최민철과 재임 미디어의 관계자들이 연신 고개를 숙였다.

*　　　　*　　　　*

"이게… 대체?"

미팅을 마치고 어울림에 도착한 현우는 뜻밖의 상황에 어리둥절했다. 어울림의 본사 앞으로 인테리어 자재를 잔뜩 실은 화물차들이 몇 대나 서 있었다. 오전에는 보지도 못했던 직원들이 자재를 나르고 있었다.

"이게 다 뭐래요?"

김은정이 현우에게 묻자마자 1층 문이 열리고 박 팀장이 헐레벌떡 달려왔다.

"지유 님! 스케줄은 잘 다녀오셨습니까?"

"잘 다녀왔어요."

"다행입니다. 그리고 팬 카페에 지유 님이랑 현우 대표님 가입 승인 떨어졌답니다."

"감사합니다."

"아, 아닙니다! 당연히 해야 할 일을 한 거죠!"

"팀장님, 저는 안 보입니까?"

현우는 어이가 없었다.

"그나저나 이것들은 다 뭡니까? 저희 어울림 쪽에서는 주문한 적이 없는 것 같은데요?"

"사장님이 특별 지시를 내리셔서 추가로 인테리어 공사에 들어갈 겁니다."

"우와! 짱이다!"

좋아하는 김은정과 달리 현우는 헛웃음이 나왔다. 누구 마음대로 추가 공사를 진행한단 말인가.

"공사 대금 500만 원이 저희가 드릴 수 있는 전부입니다. 그 이상은 곤란합니다, 팀장님."

"하하! 걱정 마세요! 추가 공사로 들어가는 것들은 전무 무료입니다. 무료!"

"우와! 공짜다!"

김은정이 폴짝폴짝 뛰었다. 현우는 한숨을 내쉬었다.

"우리 지유를 좋아해 주시는 것만으로도 충분합니다. 이렇게 물질적으로 큰 도움을 받으면 언젠가는 잡음이 날 겁니다. 추가 공사 대금은 3개월 안으로 제가 지불하겠습니다."

현우의 말이 냉정하게 들렸는지 박 팀장이 서운한 얼굴을 했다. 현우가 말을 이어갔다.

"대신 박 팀장님 직원가로 해주세요."

"직원가요? 좋습니다! 그러면 50% 정도 DC됩니다! 하하!"

"그럼 공사는 하루 이틀 정도 딜레이되는 겁니까?"

"그럴 리가요! 우리 지유 님 편안하게 연습하셔야 하니까 내일까지 다 끝내놓겠습니다."

박 팀장이 호언장담을 했다.

"감사합니다. 얼굴천재지유 님."

현우의 농담에 송지유가 풋 하며 웃음을 터뜨렸다. 그러고는 현우의 정강이를 걷어찼다.

"악!"

"하지 말라고 했잖아요! 배 아프다고!"

"야! 그렇다고 급소를 때려?!"

현우가 정강이를 잡고 고통을 호소했다.

"살짝 때렸거든요?"

"안 속네."

현우가 언제 그랬냐는 듯 태연한 얼굴을 했다. 결국 송지유가 현우의 어깨를 꼬집었다.

"아악!"

"그러니까 놀리지 말아요."

아웅다웅하고 있는 현우와 송지유를 박 팀장이 부러운 얼굴로 보고 있었다.

*   *   *

다음날 이른 새벽부터 재임 미디어에서 급히 연락이 왔다. 프레젠테이션에서 사용할 콘티 영상을 찍기 위해 판교 쪽에 스튜디오를 잡았다는 것이었다.

"졸릴 테니까 한숨들 자."

현우가 운전석에서 말했다. 프레젠테이션까지 남은 기간은 겨우 3일에 불과했다. 모든 일정들이 빡빡했다.

아침 일찍 일어나 준비를 해야 했던 송지유와 김은정은 하품까지 하고 있었다. 김은정과 송지유가 잠이 들자 현우는 액셀을 더 밟았다.

부르릉. 초록색 봉고차가 판교 외곽의 스튜디오에 들어섰다. 광고나 실내 촬영에 쓰이는 스튜디오는 제법 크기가 컸다.

"생각보다 빨리 오셨습니다."

재임 미디어 관계자들이 부지런하게 현우 일행을 맞이했다.

"콘티 촬영 준비는요?"

"완벽하게 준비했죠. 지유 양만 간단하게 준비하면 될 겁니
다. 따라오시죠."

현우 일행은 관계자를 따라 스튜디오 안으로 들어섰다. 그
런데 스튜디오 안 분위기가 묘했다. 재임 미디어 쪽 관계자들
과 촬영을 담당하는 감독, 스탭들이 서로 거리를 두고 있는
것이 여실히 느껴졌다. 심지어 감독은 촬영 장비들을 정리하
고 있었다.

'아니, 이건 또 무슨 상황인데?'

어제도 그렇고 짠 내가 진동하는 광고 회사라는 생각이 들
었다. 최민철 팀장이 반색을 하고 한달음에 달려왔다.

"최 팀장님. 또 뭐가 문제입니까?"

"콘티 영상을 찍어주기로 한 감독이 안 찍고 그냥 가겠다는
겁니다. 이게 말이 됩니까? 아니, 자기가 무슨 대단한 예술영
화 감독이라도 된답니까?!"

감독에게 들으라는 듯 최민철이 크게 소리쳤다. 주섬주섬
촬영 장비를 정리하던 감독이 벌떡 일어나 성큼성큼 다가왔
다.

"나보고 이딴 걸 찍으라고?! 이봐요, 매니저님도 콘티나 보고 시시비비 따져봅시다. 이게 말이 되는 콘티입니까!? 나는 갈 테니까 그쪽 가수한테도 한번 보여줘 봐요! 좆같아서 시발! 굶어 죽었으면 죽었지, 안 해!"

감독이 현우에게 콘티 몇 장을 쥐어주고는 씩씩거리며 스튜디오를 벗어났다.

현우는 천천히 콘티를 살펴보았다. 콘티 그림은 채색까지 되어 있어 급하게 만든 것치곤 정성스러웠다.

민소매에 핫팬츠를 입은 송지유가 술집 안으로 들어선다. 모든 남자들의 시선이 쏟아진다. 송지유가 혼자 테이블에 앉아 소주잔을 기울인다. 그러다 슥 다리를 꼬는 장면이 클로즈업 된다. 남자 몇 명이 송지유에게 다가와 전화번호를 물어본다. 그리고 송지유가 다시 반대 방향으로 다리를 꼬며 말한다. '오늘은 혼자 취하고 싶어요'

현우가 픽 웃었다. 광고에는 수많은 소구들이 존재한다. 그중에서 대한민국 광고계에서 가장 많이 사용하는 소구가 바로 성적 소구였다.

이유는 간단하다. 자극적이기 때문이다. 항간에서는 비난의 목소리도 있지만 결국에는 대중들이 좋아하기 때문에 성적 소구는 스테디셀러라 할 수 있었다.

"매니저님이 보기에도 그렇게 이상합니까?! 신창 기획에서는 더했으면 더했지 이거보다 못하지는 않을 겁니다!"

최민철이 분통을 터뜨렸다. 현우가 최민철과 재임 미디어의 관계자들을 슥 둘러보며 입을 열었다.

"감독 입장에서는 쌍욕이 나올 만도 하네요."

"예?!"

최민철이 뜻밖의 말에 크게 당황했다. 지금 여기 있는 사람들은 방금 전 스튜디오를 박차고 나간 감독의 정체를 모르겠지만 현우는 그 얼굴을 똑똑히 기억하고 있었다.

김성민 감독. 지금은 갓 서른 줄에 접어든 젊은 감독이었지만, 현우가 과거로 돌아오기 5~6년 전부터 충무로에 폭풍을 몰고 온 사람이었다. 현우도 김성민 감독의 영화를 유난히 좋아했다.

현우가 피식 웃었다. 김성민 감독이 콘티 영상을 찍어주는 일을 하고 있는 것도 재밌었지만, 더 재미있는 건 영화적 결벽증으로 유명한 그에게 이런 콘티를 찍어달라고 한 재임 미디어 쪽이었다.

"업계 4위에는 다 그만한 이유가 있나 봅니다."

"……!"

차분한 말투였지만 파급력은 엄청났다. 재임 미디어 쪽 관계자들이 얼굴을 굳혔다. 현우는 개의치 않고 입을 열었다.

"콘티가 무조건 나쁘다는 건 아닙니다. 좋아할 사람들은 좋

아하겠죠. 그런데 광고 모델은 우리 지유입니다. 지유 이미지
가 어떤지 파악 못 하셨을 리는 없고, 혹시 이번 프레젠테이
션 날로 드실 생각입니까? 애당초 콘티 자체가 우리 지유랑
전혀 어울리지 않는데요? 이럴 거면 서주아가 다시 광고 모델
을 하는 게 나을 거 같습니다. 서주아가 팔등신에 몸매 하나
는 끝내주지 않습니까? 그게 아니면 전채민도 괜찮겠네요."

"……"

다들 꿀 먹은 벙어리처럼 반박을 하지 못했다.

"죄송합니다, 매니저님. 그리고 지유 씨한테도 사과하겠습니
다. 기한이 너무 급한 나머지 저희가 생각이 짧았습니다."

현우와 송지유가 하차를 선언해도 그만인 상황이었다. 최민
철이 고개를 숙였다. 다른 관계자들도 마찬가지였다. 현우도
화를 가라앉혔다. 어차피 이제 한 배를 탄 동료들이었다.

"내일까지 콘티 영상 완성해야 한다고 하셨죠? 지금 이 시
점에서 다른 사람을 구할 수도 없는 일이고, 일단 감독님은
제가 설득해 보겠습니다. 이 콘티는 그냥 불쏘시개로 쓰면 될
것 같네요. 아니면 재활용을 하든지요."

현우가 콘티를 쓰레기통으로 처넣었다. 그러고는 재임 미디
어로부터 김성민 감독의 연락처를 받았다.

"대기실에서 은정이랑 쉬고 있어. 금방 다녀올 테니까."

현우는 김성민 감독의 전화번호를 누르며 다급히 봉고차에

올라탔다.

봉고차에 올라타 몇 통이나 전화를 걸었지만 묵묵부답이었다. 그렇다고 무작정 봉고차를 이끌고 김성민 감독을 찾으러 갈 수도 없는 일이었다. 현우는 일단 문자 메시지를 남겼다. 얼마 가지 않아 드르륵, 핸드폰이 울렸다. 현우는 급히 문자 메시지를 확인하고는 전화를 걸었다.

─매니저님이 나한테 무슨 볼일이 있다는 겁니까?

대뜸 불퉁한 목소리가 들려왔다.

'성격 한번 까칠하네.'

현우는 봉고차에 시동을 걸며 입을 열었다.

"지금 어디 계십니까?"

─이미 서울로 가는 중입니다. 그러니까 붙잡지 마세요. 절대 안 합니다.

"저도 감독님이랑 같은 생각입니다. 그런 싸구려 콘티는 우리 지유한테는 어울리지 않거든요. 그래서 감독님처럼 저도 재임 미디어 쪽이랑 한판 했습니다."

─……

핸드폰 너머로 잠시 말이 없었다. 현우는 조용히 웃었다. 이렇게까지 나오는데 계속해서 불퉁한 태도를 보일 사람은 없었다.

─그래서요? 뭐, 나보고 다시 돌아오라 이 말입니까?

"아닙니다. 일단 저랑 만나서 이야기 좀 하시죠. 중간 지점에서 만나는 건 어떻습니까? 간단하게 커피나 한잔 어때요?"

잠시 침묵이 감돌다 김성민의 목소리가 흘러나왔다.

―…알겠습니다. 내 잘못도 있으니까 커피는 제가 사도록 하겠습니다.

"그러면 저야 감사하죠. 아무튼 곧 뵙겠습니다."

툭. 통화가 끝이 났다. 현우는 곧바로 손태명에게도 전화를 걸었다.

―어. 전화 받았다. 스튜디오 갔다며? 콘티 영상은 잘 찍고 있지? 좀 전에 사무실 와서 업체 사람들 시공하는 거 보고 있어. 근데 무료로 해준다는데 이거 진짜야? 업체 사람들이 지유 팬 카페 회원이라던데?

"태명아. 자세한 이야기는 나중에 해줄 테니까 일단 강남 쪽으로 가줘야겠다."

―강남? 거긴 왜?

"광고랑 관련된 중요한 일이야. 도착하면 전화해 줘."

―오케이. 알았어.

부르릉. 초록색 봉고차가 빠르게 스튜디오를 벗어났다.

*　　　*　　　*

현우와 김성민이 편의점 테이블에 앉아 서로를 마주 보고 있었다. 어색한 분위기를 깨기 위해 현우가 먼저 말을 꺼냈다.

"커피 맛 좋네요. 커피는 자고로 캔 커피죠."

현우의 가벼운 농담에 김성민도 조금이나마 얼굴을 풀었다.

"프레젠테이션이 코앞인데 저 때문에 시간 낭비만 하게 된 꼴입니다. 미안합니다."

"감독님이 미안할 이유가 없죠. 아까도 말했지만 콘티는 저도 마음에 들지 않았습니다. 아무리 상업 광고라지만 정도가 있는 거죠."

그렇게 말하며 현우는 김성민을 살폈다. 까칠한 성격인 줄만 알았는데 의외로 섬세한 부분도 있었다.

'하긴 그러니까 그런 명작들을 만들어냈겠지.'

캔 커피를 한 번에 들이켠 다음 현우는 본론을 꺼내기 시작했다.

"감독 교체는 없을 겁니다."

"전 분명 안 한다고 했습니다."

"지금은 상황이 다르죠. 콘티는 제가 까버렸고, 이제 감독님이 마음대로 콘티 짜주시면 됩니다."

"예?"

김성민은 혹시나 잘못 들었나 싶었다. 말이 콘티 감독이지 그저 아르바이트에 불과하다. 그런데 젊은 매니저는 파격적인 제안을 아무렇지도 않게 하고 있었다.

"걱정하실 필요 없습니다. 재임 미디어 쪽은 제가 책임지고 설득하겠습니다. 감독님은 가지고 계시는 역량만 마음껏 펼치시면 됩니다."

"오늘 초면인데 대체 뭘 믿고 저한테 맡긴다는 겁니까? 이해가 되지 않는데요."

김성민의 입장에서는 현우의 제안이 터무니없이 들릴 정도였다. 어쩔 수 없이 현우는 MSG를 조금 치기로 했다.

"부산 영화제에서 감독님 입봉 작품을 봤거든요."

"정말… 입니까?"

"그럼요. '첫사랑노트' 두 번이나 봤습니다."

아주 거짓말은 아니었다. 과거로 돌아오기 전, 김성민 감독의 입봉작 '첫사랑노트'가 재개봉되었고, 현우는 두 번이나 그 영화를 보았었다.

"……."

거리를 두고 있던 김성민 감독의 분위기가 확 달라졌다. 당연했다. 무명 영화감독인 자신을 알아봐 주는 팬이 눈앞에 존재했다.

"제 영화… 어땠습니까?"

"현실적이라 좋던데요. 첫사랑 하면 다들 나쁜 기억들도 미화하느라 정신이 없잖아요. 그런데 감독님 영화는 현실적이라 좋았습니다. 남자들 첫사랑이라면 다는 아니지만 여자한테 데인 경험이 많잖아요. 직설적으로 스토리를 풀어가는 게 인상 깊었습니다. 뭐랄까, 작가주의 느낌이 물씬 풍기더군요."

"작가주의 영화를 좋아하십니까?"

김성민이 눈을 빛냈다. 현우는 속으로 쾌재를 불렀다.

"그럼요. 영화라면 다 좋아하지만 누벨바그 양식도 좋아합니다. 뭐 그렇다고 '네 멋대로 해라'같이 감독님 작품이 마냥 괴작이라는 말은 아닙니다. 그런데 감독님 영화를 보면서 장 뤽 고다르 감독 같다는 생각은 조금 해봤습니다."

"입봉 작품이라… 상업성은 다 빼고 자유롭게 만들기는 했습니다. 그런데… 하필 오늘 매니저님을 만났네요. 못 볼꼴을 보였습니다. 사과드리겠습니다."

김성민이 얼굴을 구기며 크게 한숨을 내쉬었다. 팬 앞에서 망신도 이런 망신이 없었다.

"하하. 아닙니다. 스튜디오를 박차고 나가시는데 감독님답다는 생각을 했습니다. 그리고 이해합니다. 예술이 밥까지 먹여주는 건 아니니까요. 돈도 중요하죠."

"그렇게까지 생각해 주시니 정말 감사합니다. 그런데 여기서 저랑 제 영화를 좋아해 주시는 분을 만날 줄은 몰랐습니다."

"저도 마찬가지죠. 여기서 감독님을 만나게 될 줄은 정말 몰랐습니다."

현우는 씩 웃었다. 현우의 말 속에는 여러 의미가 담겨 있었다. 장차 충무로를 뒤흔드는 감독을 만나게 되었다. 어떻게 보면 맑은이슬 광고 건보다 김성민 감독과의 관계 형성이 더 중요했다.

"송지유 씨 매니저라고 하셨죠?"

"네, 제가 송지유 매니저 김현우입니다. 그런데 우리 지유를 잘 모르십니까?"

"아, 제가 집에 TV가 없어서요. 그리고 매일매일 시나리오 작업하느라 세상 물정을 잘 모릅니다."

확실히 괴짜는 괴짜였다. 마침 편의점에서 종로의 봄이 흘러나왔다.

"지금 나오는 노래가 우리 지유 노래입니다."

"그래요? 들어보겠습니다."

잔잔하고 서정적인 전주와 함께 송지유의 맑은 음성이 흘러나왔다. 김성민 감독의 표정이 시시각각 변했다. 그러더니 갑자기 가방에서 노트와 펜을 꺼내 들었다. 김성민 감독이 노트에 무언가를 급히 적어내리기 시작했다. 현우는 말없이 김성민 감독을 지켜보기만 했다.

'영감이 떠올랐군.'

작가들은 일상생활의 많은 곳에서 영감을 얻고는 한다. 그리고 지금 김성민이 그러했다. 무려 한 시간이나 지나서야 김성민이 펜을 내려놓았다.

"후우."

길게 한숨까지 내쉬었다. 그러다 현우를 슥 보고는 미안함에 머리를 긁적였다. 현우는 그저 씩 웃었다.

"현우 씨."

김성민이 노트를 현우에게 내밀었다. 천천히 노트를 읽어보는 현우의 입가로 진한 미소가 번졌다. 이건 단순히 콘티의 수준이 아니다. 노트엔 이번 맑은이슬 광고를 위한 콘티가 정갈하게 그려져 있었다. 에피소드 형식이었는데 도합 3편으로 구성된 콘티였다.

"어떻습니까? 급히 생각나는 대로 콘티를 짜보기는 했습니다만, 아무래도 제가 본업이 영화이다 보니 이상할 수도 있을 겁니다."

현우는 고개를 저었다.

"아닙니다. 시나리오가 아주 좋은데요? 우리 지유랑 너무 잘 어울립니다. 콘티만 봐도 소주 생각이 간절하겠는데요? 하하."

"후우. 그래요? 이제 마음이 좀 놓이네요. 그런데 재임 미디어 쪽에서 제 콘티를 어떻게 볼지가 문제네요. 혹시 이상하다고 하면……."

"아뇨. 그럴 일은 없을 겁니다. 제가 감독님 팬이라서 하는 소리가 아닙니다. 훌륭해요. 재임 미디어도 무조건 마음에 들어 할 겁니다."

입에 발린 소리가 결코 아니었다. 15초 분량의 에피소드 3편이 모이면 채 1분이 되지 않았지만 현우는 마치 단편 영화를 보는 것 같은 느낌이 들었다. 15초짜리 콘티 3개 속에는 대중들의 감성을 자극할 온정 소구들이 잘 담겨 있었다.

"그런데 이걸 찍으려면 스튜디오에 있는 장비들로는 불가능할 겁니다."

콘티에 그려진 대로 촬영을 하려면 야외 장비들이 필요했다.

"걱정 마세요. 저만 믿으시면 됩니다."

"네?"

"호랑이도 제 말 하면 온다고 마침 전화가 왔네요."

현우는 편의점 테이블 위에서 부르르 떨고 있는 핸드폰을 스피커 모드로 바꾼 다음, 다시 테이블로 올려놓았다.

─현우야. 방금 강남에 도착했다.

강남이라는 말에 김성민의 눈동자가 커졌다. 강남 쪽에는 영화 촬영에 필요한 장비들을 대여해 주는 렌탈샵, 즉 장비집들이 여럿 있었다.

"잠깐만, 감독님 바꿔줄 테니까 감독님이 불러주는 장비들은 모두 빌려."

─오케이.

현우가 김성민을 쳐다보았다.

"뭐 하세요? 필요한 장비들 불러주셔야죠? 우리 시간 별로 없습니다, 감독님."

"알겠습니다."

"평소에 써보고 싶었던 장비들 있으시면 다 대여하세요. 어차피 돈은 재임 미디어에 청구할 거니까요."

"금액이 꽤 나갈 텐데요?"

"이번 광고만 따내면 대여료가 문제입니까? 그리고 재임 미디어 돈 많은 회사입니다."

"그런가요?"

현우의 장난기 섞인 말에 김성민 감독도 쓴웃음을 머금었다. 현우가 건넨 핸드폰을 받아 든 김성민 감독이 입을 열기 시작했다.

"김성민입니다. 음. 장비는 Arrii 걸로 빌리시면 될 겁니다. 카메라는 알렉사 미니로 빌리시고, 렌즈는 라이카로 달라고 하면 맞춰서 줄 겁니다. 조명 장비들도 Arrii 걸로 빌리시고… 오디오는 로드로 빌리시고… 이 정도면 충분할 겁니다. 다른 장비들은 저도 좀 가지고 있는 게 있으니까요. 아! 제 이름을 꼭 말하셔야 할 겁니다."

ㅡ알겠습니다. 그럼 촬영 현장에서 뵙기로 하겠습니다.

통화를 끝내고 김성민이 멍한 얼굴을 했다. 순식간에 광고 콘티 영상을 찍기에는 과분한 고가의 장비들까지 빌려 버렸다.

"그런데… 장비를 대여할 생각은 어떻게 하신 겁니까?"

"별거 아닙니다. 그냥 처음부터 감독님이랑 콘티 영상을 찍을 생각이었거든요. 감독님을 설득하려면 뭐라도 들이밀어야 할 것 같았습니다. 좋게 말하면 선물이고, 나쁘게 말하면 일종의 뇌물 같은 거죠. 뭐 그 전에 이야기가 잘 풀리긴 했지만요."

"저보다 어리신 것 같은데 여러모로… 많이 배우네요."

"아닙니다. 매니저 생활하다 보면 눈치만 빨라지는 거죠."

"그렇군요."

김성민이 많은 생각에 잠긴 채로 고개를 끄덕거렸다.

캔 커피를 쓰레기통으로 골인시킨 다음, 현우가 먼저 일어섰다.

"감독님은 저희 어울림 매니저랑 먼저 만나서 장비 체크하고 계시면 될 겁니다. 저는 스튜디오로 돌아가서 지유를 픽업하겠습니다. 그럼 촬영 장소에서 뵙기로 하죠."

"좋습니다. 내 작품이라 생각하고 한번 최선을 다해보겠습니다."

"하하. 감사합니다. 감독님 말만 들어도 든든한데요?"

현우가 웃으며 말했다.

"우리 어디로 가는 거예요?"

송지유가 고개를 갸웃하며 물었다. 세 사람을 태운 봉고차
는 이미 판교 스튜디오를 벗어나고 있었다. 불과 몇 분 전에
스튜디오로 돌아온 현우는 재임 미디어 관계자들에게 콘티
몇 장을 건네고는 곧장 송지유와 김은정을 데리고 서울로 돌
아가는 중이었다.

"콘티 사진 보내놨으니까 일단 봐봐."

현우의 말에 송지유와 김은정이 단체 코코넛 톡을 들여다
보았다.

"어때? 콘티 장난 아니지?"

현우는 자신만만했다. 콘티를 짠 사람이 바로 김성민 감독
이었다. 어디 그뿐인가. 3장의 콘티에 담긴 이야기들을 현우
는 이미 알고 있었다.

김성민 감독의 첫 상업 영화이자 관객 동원 500만 명의 대
기록을 썼던 멜로 영화 '그와 그녀의 흔한 첫사랑' 속의 이야
기들이었다. 실제로 콘티 속의 20살 여대생 캐릭터는 '그와 그
녀의 흔한 첫사랑'의 주인공 중 한 명이기도 했다.

"짧은 영화 같아요."

송지유가 대번에 콘티의 핵심을 파악했다. 운전대를 잡고
있던 현우가 빙그레 웃었다.

"잘 봤어. 3개의 이야기들을 합치면 짤막한 단편 영화나 마찬가지야. 콘티 옆에 감독님이 대사랑 지문 적어놓았으니까 가는 길에 숙지해 둬."

송지유가 사진을 확대했다. 꼼꼼하게 그린 콘티만큼이나 대사와 지문도 세세했다. 송지유가 긴장한 얼굴로 입술을 매만졌다.

"연기는 처음인데."

"할 수 있겠어?"

현우도 조금은 걱정이 되었다. 보통 광고는 카피라이터가 써준 핵심 문구를 중심으로 표현을 하면 그만이었다. 하지만 이번 광고는 45초 분량의 영화나 마찬가지였다. 또 그 45초에 핵심적인 감정과 대사를 모두 표현해야 했다. 어떻게 보면 상당히 까다로운 촬영이 될 수도 있었다.

"지유야?"

"해볼게요."

송지유가 대수롭지 않게 말했다. 긴장을 하는 것 같더니 그새 태연한 얼굴을 하고 있다.

"근데 그 감독님은 의상까지 그려놨네요? 어떻게 해요? 가지고 온 옷들 중에서는 여기 그려진 옷이랑 비슷한 건 하나도 없는데."

콘티 사진을 보며 김은정이 울상을 했다.

"괜찮아. 어차피 너희 학교로 갈 거야."

"진짜 우리 학교에서 찍어요? 맞다! 그러고 보니 콘티 중에 하나는 캠퍼스에서 찍어야 하네요? 그럼 동아리 방 가서 옷 가져오면 되겠다. 히히."

"은정아. 학교에 계절학기 듣는 애들 있지?"

"네! 있어요."

"계절학기 듣는 애들이랑, 일일 알바 할 수 있는 애들은 싹 다 모으자. 일당은 10만이다."

일당 10만 원이라는 말에 김은정의 눈동자가 빛났다.

"올 수 있는 애들은 전부 오라고 할게요!"

부르릉! 초록색 봉고차가 더욱 속도를 냈다.

*   *   *

홍인대학교 캠퍼스로 봉고차가 들어섰다. 방학이라 한산하긴 했지만 캠퍼스에 제법 많은 학생들이 보였다. 봉고차가 패션디자인학과가 있는 학과 건물 앞에서 멈추어 섰다. 초록색 봉고차를 알아본 학생들이 하나둘 몰려들기 시작했다.

"은정아. 동기들 도착하면 과실로 모이라고 하고, 동아리 방에서 의상이랑 챙겨서 지유 좀 꾸며줘. 알았지?"

"네! 알았어요."

현우는 마지막으로 송지유를 바라보았다.

"태명이랑 감독님한테 가 있을 테니까 준비되는 대로 바로 와. 장소는 내가 알려줄게. 조금 이따가 보자."

운전석에서 내린 현우가 학생들의 양해를 구하며 송지유와 김은정을 학과 건물로 들여보냈다. 그런 다음에 핸드폰을 꺼내 들었다.

"어. 나야 태명아. 지금 어디에 있어?"

—남문 쪽에 있어. 감독님이 여기가 좋다고 하시네. 그나저나 어떻게 홍인대학교에서 찍을 생각을 한 거야?

"회사랑 가깝잖아. 그리고 지유 학교이기도 하니까 그나마 도움이 될까 싶었지."

차마 '그와 그녀의 흔한 첫사랑'의 촬영 장소가 홍인대학교라는 말은 할 수가 없었다.

—하, 치밀한 자식. 너는 어딘데?

"방금 도착했어. 곧장 그쪽으로 갈게. 지유도 금방 남문으로 올 거야. 촬영 준비 부탁드린다고 감독님께 전해줘."

—알았어. 올 때 음료수 좀 사와라. 다들 부랴부랴 장비 챙기고 촬영 장소 정하느라 고생했어.

"오케이!"

현우는 핸드폰을 바지 주머니로 구겨 넣은 다음 서둘러 캠퍼스 남문으로 향했다.

서둘러 남문 쪽에 도착한 현우는 김성민의 안목에 감탄했다. 홍인대학교를 촬영 장소로 추천하긴 했지만 콘티 영상을 찍을 구체적인 장소를 정한 사람은 김성민이었다.

홍인대학교는 역사가 오래된 학교로 학과 건물들은 고즈넉한 느낌이 물씬 풍겼다. 넝쿨들이 학과 건물을 뒤덮고 있었고, 근처에도 오래된 나무들이 빼곡하게 자리 잡고 있었다. 콘티 속 장소로는 제격이었다.

"왔어?!"

손태명이 현우를 반기며 음료수가 담긴 봉지를 받아 들었다. 손태명이 스탭들에게 음료수를 나누어주는 사이, 현우는 김성민에게 다가갔다.

"왔습니까? 생각보다 빨리 왔네요."

김성민은 촬영 준비를 하느라 현우를 쳐다보지도 못했다. 현우는 슥, 촬영 현장을 둘러보았다. 대부분 김성민의 후배들로 이루어진 스탭은 급작스러운 야외촬영에도 여유로워 보였다.

'이런 인력들을 데리고 아르바이트나 다녀야 하다니.'

실력 있는 감독과 인력들이 촬영 아르바이트나 다녀야 하는 현실이 씁쓸했다. 촬영 준비를 끝마친 김성민이 현우를 향해 입을 열었다.

"모델은요? 아직입니까?"

"의상이랑 메이크업 준비해서 곧 올 겁니다."

"해 지기 전에 찍어야 합니다. 어두워지기 시작하면 두 번째 에피소드는 오늘 못 찍습니다."

현재 시각은 오후 4시가 조금 넘은 상태였다. 밝은 햇살과 서서히 지기 시작하는 노을이 뒤엉켜 있어 고즈넉한 분위기의 촬영 장소와 잘 어울렸다.

"저기 오네요! 현우야! 지유랑 은정이 온다!"

손태명이 소리쳤다. 송지유와 김은정이 동기들의 호위 속에서 촬영 현장으로 오고 있었다.

"저기 지유 오네요. 감독님은 처음 보시죠?"

"……."

김성민이 별안간 심각한 얼굴로 송지유를 보고 있었다. 현우는 희미한 미소를 머금었다. '그와 그녀의 흔한 첫사랑'의 여주인공인 미주와 송지유는 많이 닮아 있었다. 특유의 차갑고 신비한 분위기가 그러했다. 게다가 송지유는 콘티에 그려진 그 모습 그대로였다. 자연스럽게 흘러내리는 긴 생머리에 화장도 연하고 수수했다. 하얀색 원피스에 하얀색 캔버스화를 신고 있었고, 품에는 커다란 전공 서적을 끌어안고 있었다. 현우가 김은정에게 엄지손가락을 척 들어 보일 정도였다.

'그냥 미주네, 미주.'

현우조차도 그런 생각이 드는데, 원작자인 김성민이 송지유로부터 눈을 떼지 못하는 것은 당연했다.

"안녕하세요? 송지유입니다."

"그, 그래요. 김성민입니다."

담담한 척을 하고 있었지만 김성민의 표정은 여전히 심상치 않았다.

'연기는 시킬 생각이 전혀 없었는데 말이야.'

현우는 괜히 김칫국을 마셨다.

*　　　*　　　*

본격적으로 촬영이 시작되었다.

이번 콘티 영상의 핵심은 1인칭 시점이라고 할 수 있었다. 에피소드 3개가 전부 1인칭 시점이었다. 카메라는 콘티 속 남자 주인공의 역할을 한다. 즉 광고를 보게 될 대중들이 남자 주인공의 시점이 되는 셈이었다. 또한 1인칭 시점인 만큼 포커스는 송지유에게 집중이 된다.

두 번째 에피소드를 먼저 찍기로 했다. 오후 햇살과 노을을 카메라에 담겠다는 김성민의 결정에 의해서였다.

현우는 긴장한 얼굴을 하고 있는 송지유의 어깨를 부드럽게 다독였다.

"많이 떨리지?"

"갑자기 떨려요."

"다시 찍으면 되니까 부담 가지지 말고 편안하게 해."

"어떻게 부담을 안 가져요?"

송지유가 눈을 흘겼다. 머리를 긁적이던 현우에게 한 가지 생각이 스치고 지나갔다.

"카메라 바로 옆에 서 있을 테니까 그냥 나를 보고 이야기 한다 생각해 봐."

"음… 알았어요. 그렇게 할래요."

송지유가 순순히 고개를 끄덕거렸다.

"촬영 시작하겠습니다! 레디! 액션!"

사인이 떨어지고, 송지유가 남문을 향해 걷기 시작했다. 카메라 3대가 각각 뒤쪽과 좌우에서 송지유를 따랐다. 현우는 카메라를 따라가며 콘티를 보고 있었다. 지금쯤 송지유가 몸을 돌려 카메라를 응시해야 한다. 때마침 송지유가 자연스럽게 몸을 돌려 카메라를 응시했다. 그러자 카메라 시야 밖에서 대기 중이던 스탭들이 선풍기를 틀었다. 바람이 불며 송지유의 긴 생머리가 휘날렸다.

"컷! 다시!"

아쉽게도 NG가 나고 말았다. 선풍기 바람이 너무 강해서 긴 머리카락이 송지유의 얼굴을 반이나 가렸다. 그 후로도 선풍기 바람 때문에 계속해서 NG가 났다.

"다시 갑니다! 액션!"

송지유가 남문을 향해 천천히 걸었다. 그리고 타이밍에 맞춰서 송지유가 몸을 돌려 카메라를 응시했다. 선풍기 바람이 불어왔고, 기다란 생머리가 바람에 흔들리며 송지유의 얼굴을 스치고는 제자리로 돌아왔다.

'한 번에 가자! 지유야!'

이제 대사를 칠 차례였다. 카메라와 그 옆의 현우를 함께 바라보며 송지유가 의아한 표정을 지어 보였다.

[선배였어요?]

송지유가 커다란 눈을 깜빡거리다 다시 입술을 열었다.

[MT 때 챙겨줘서 고마웠어요. 다음에 봐요.]

송지유가 몸을 돌려 다시 남문을 향해 걷기 시작했다. 그리고 카메라들이 그런 송지유를 조금 더 천천히 따라갔다. 그러다 송지유가 고개를 돌렸다. 흘러내리는 머리카락을 넘기며 희미한 미소를 머금었다. 1초, 2초… 침묵이 감돌다 마침내 말했다.

[선배. 저랑 소주 한잔할래요?]

다들 숨을 죽였다. 카메라는 계속해서 돌고 있었다.

"컷!"

김성민이 드디어 컷을 외쳤다. 카메라를 들여다보던 김성민이 진지한 목소리로 현우에게 물었다.

"연기 가르친 적 있습니까?"

"아니요, 지유는 가수입니다. 연기는 오늘이 처음이죠."

"정말입니까?"

"네, 그렇습니다."

현우의 대답에 김성민이 더 묻지 않고 대신 카메라를 보여주었다. 재생 버튼을 누르자 방금 전 찍었던 장면들이 흘러나오기 시작했다. 어느새 송지유도 현우의 곁으로 다가와 있었다.

"호오, 제법인데?"

현우가 감탄을 했다. 15초짜리에 불과한 콘티 영상이었지만 송지유는 전혀 어색하지 않았다. 순간순간 지어 보이는 표정들도 그렇고 대사도 깔끔했다.

"지유야. 너 연기 잘하는데?"

"그래요?"

보통은 기뻐하게 마련인데 의외로 송지유는 담담했다.

아직까지는 연기에 대해 그리 깊은 생각을 하고 있지 않았기 때문이었다.

*　　　　*　　　　*

다음 첫 번째 에피소드는 패션디자인학과의 동아리 방을 빌렸다. 김성민 휘하의 스탭들이 동아리 방을 빠르게 펜션 분위기로 바꾸었다. 동아리 방의 중앙으로 맑은이슬 소주병이 가득 놓였고, 김은정과 동기들이 술에 취해 잠든 척을 하며 여기저기로 배치되었다. 스키니 진에 아이보리색 블라우스 차림을 한 송지유가 소주병 바로 옆으로 가 자리를 잡았다. 김성민의 지시 아래 스탭들이 조명을 세팅했다. 정말 리얼하게 대학 MT날 밤이 재현되었다.

"레디! 액션!"

촬영이 시작되었다. 광고 촬영이 처음인 송지유의 동기들 때문에 무려 다섯 번이나 NG가 났다.

"이번에는 끝내봅시다."

김성민의 독려로 다시 촬영이 시작되었다.

카메라가 술에 취해 잠든 패션디자인학과 학생들을 지나 소주병들을 품에 안고 자고 있던 송지유에서 멈추었다. 곤히 잠들어 있던 송지유가 부스스 잠에서 깨어 앉았다. 현우는 잠에 취한 척 연기를 하고 있는 송지유가 그저 신기하기만 했다.

[어? 선배님? 안 주무셨어요?]

송지유가 화들짝 잠에서 깨며 말했다. 잠에 취해 흐트러져 있다가 금방 도도한 자세를 잡는 태연한 모습에 스탭들과 동기들이 웃음을 참아야 했다.

[저 안 취했어요. 우리 둘이서 한잔 더 해요. 네?]

송지유가 현우 쪽을 향해 소주병을 내밀며 말했다. 그러고는 묘한 표정을 지어 보였는데 카메라로 그 모습을 담고 있던 김성민의 눈동자도 덩달아 커져 있었다.

"컷! 좋아요!"

김성민이 재빨리 소리쳤다. 불과 세 시간 만에 두 번째 에피소드와 첫 번째 에피소드의 촬영이 끝났다.

'강심장이 연기에서도 빛을 발하는구나.'

첫 광고 촬영임에도 송지유는 전혀 떨지 않았다. 현우는 가슴이 두근거릴 정도로 흥분이 되었다. 노래뿐만 아니라 송지유는 연기에도 재능을 가지고 있는 것 같았다.

마지막 세 번째 에피소드 촬영은 어울림 근처의 단골 삼겹살 가게에서 찍기로 정했다. 얼마간 휴식 시간이 주어졌고 현우는 잠시 어울림에 들렀다. 공사가 모두 완료되었다는 박 팀장의 연락이 있었기 때문이다. 어울림에 도착하자 박 팀장과 직원들이 마중을 나와 있었다. 그리고 못 보던 얼굴들도 꽤 보였다.

"이분들은 누굽니까?"

"아, 저희 팬 카페 회원들입니다. 퇴근들 하고 잠깐 들른 겁니다."

박 팀장이 얼른 상황을 설명했다. 송지유를 처음 만난 팬 카페 회원들이 얼굴을 붉히며 부끄러워했다. 나이대도 젊은 청년층에서 중장년층까지 정말 다양했다. 대부분 남자 팬들이었지만 여자 팬들도 그 수가 적지 않았다.

팬들을 보며 현우가 빙그레 웃었다.

"다들 저녁 드셨습니까?"

"아뇨, 아직입니다. 시공 끝내고 지유 님이랑 현우 대표님 만나 뵌 다음에 다 같이 먹을 계획이었습니다."

"그래요? 그럼 이렇게 모인 김에 저녁이나 같이하시죠."

"지… 지유 님도요?"

박 팀장이 물었다. 다른 팬들도 기대감 어린 표정으로 현우를 쳐다보고 있었다.

"당연하죠. 지유 팬분들인데 저랑 밥 먹어서 뭐 합니까?"

"가, 감사합니다! 현우 대표님!"

박 팀장의 감격에 찬 목소리와 함께 그저 송지유의 얼굴이나마 보려고 왔던 팬들이 환호성을 질렀다.

"우리 콘티 촬영 아직 안 끝났는데 괜찮아요? 기다려야 하잖아요."

송지유가 팬들을 걱정하며 조용히 물었다.

"갑자기 좋은 생각이 났거든. 그래서 그래."

"좋은 생각이 뭔데요?"

"조금 있으면 알게 될 거야. 그러니까 가만히 보고만 있어."

현우가 눈동자를 빛내며 씩 웃었다. 송지유가 아리송한 표정을 짓고 있었다.

단골 삼겹살 가게 앞으로 현우와 송지유가 팬들과 함께 나타났다. 촬영 준비를 끝내놓고 기다리고 있던 김성민 감독과 스탭들이 의아한 얼굴을 했다.

"저분들은 다 누굽니까?"

"지유 팬 카페 회원분들입니다. 배경을 메울 사람들이 있으면 좋겠다고 하신 게 생각나서요. 그래서 겸사겸사 함께 왔습니다."

"겸사겸사요?"

김성민이 팬 카페 회원들을 살펴보았다. 다들 회사에서 퇴근하고 오는 길이라 양복 차림들을 하고 있었다. 비어 있는 테이블을 채우기엔 제격이었다.

"팬분들 저녁 식사도 대접할 겸, 콘티 영상에 지유랑 같이 출연도 하면 좋은 추억이 되지 않겠습니까?"

"그렇긴 합니다만… 팬분들도 그러겠답니까?"

"직접 보세요."

현우가 옆으로 비켜주었다. 송지유와 함께 콘티 영상에 출연한다는 생각에 팬들은 한껏 들떠 있었다. 여자 팬들은 알아서 화장까지 고치고 있었다.

김성민이 허탈하게 웃었다. 영화 촬영 현장에서는 시간이 곧 돈이다. 급할 때는 엑스트라를 섭외할 새도 없이 일반인에게 양해를 구해야 한다. 그리고 대부분의 일반인들이 이를 거절하곤 했다. 그래서 스탭들이 돌아가며 행인 역할을 하거나, 가게 같은 장소의 배경을 메꾸곤 했다. 그런데 어울림의 매니저는 손쉽게 소속 가수의 팬들을 동원했다.

"어떤 의미에서는 대단한 거 같습니다. 아이돌이 좋긴 좋네요."

"그거 칭찬 맞죠? 하하."

현우가 하하 웃다가 A4 용지 하나를 김성민에게 내밀었다.

"이게 뭡니까?"

"괜찮으시다면 한번 봐주세요. 팬분들이랑 추억도 쌓을 겸 해서 콘티를 짜봤습니다."

"그래요?"

김성민이 현우가 대충 메모 형식으로 남긴 콘티를 살펴보았다.

"나쁘지 않습니다. 찍는 김에 이것도 찍죠."

"괜찮겠습니까?"

어쩌면 감독의 입장에서는 기분이 나쁠 수도 있었다. 하지만 김성민은 가벼운 웃음을 머금었다.

"저도 팬이랑 추억 좀 쌓아야겠습니다."

"아, 그게 또 그렇게 되는군요?"

현우가 피식 웃었다. 그러고 보니 김성민의 입장에서는 현우가 팬인 셈이었다.

"그럼 촬영 들어가죠."

그렇게 말하곤 김성민이 확성기를 들었다.

"팬분들은 평소에 회식을 하듯이 식사하시면 됩니다. 어차피 카메라 포커스는 지유 씨한테 집중되니까 카메라를 의식할 필요는 없습니다. 각자 본인들을 도로변의 가로수라고 생각하세요. 알겠습니까?"

스탭들이 구도에 맞게 팬들을 자리로 앉혔다. 김성민은 카메라로 꼼꼼하게 테이블에 앉아 있는 팬들을 살폈다. 체구가 작고 마른 사람들은 비교적 송지유가 앉을 테이블과 근접해서 배치되었고, 덩치가 제법 있는 박 팀장 같은 사람들은 벽

쪽으로 밀어 넣었다.

"조명들 다 꺼버려!"

김성민이 삼겹살 가게를 밝히고 있던 조명을 모두 끄게 했다. 삼각 조명이 연달아 꺼지자 삼겹살 가게 천장에 걸린 형광등만이 빛을 발했다.

"이제 광량을 조절할 겁니다."

"광량이요?"

현우가 되물었고, 김성민이 대답 대신 고개를 끄덕거렸다. 광량은 빛의 양을 말한다. 사람의 눈과 다르게 카메라는 빛의 조절로 얼마든지 다른 분위기를 연출할 수 있었다.

처음 남문에서 찍었던 두 번째 에피소드는 삼각 조명 대신 오후 햇살과 노을 같은 자연광을 최대한 살려 촬영을 했다. 그리고 MT날의 늦은 밤을 담았던 첫 번째 에피소드를 찍을 때는 동아리 방의 모든 형광등을 끄고 삼각 조명의 왼쪽 부분, 즉 보조 광원과 고보(삼각 조명의 빛을 분산시킬 때 사용)를 이용하여 자연스럽게 밤을 연출했다.

'확실히 실력 있는 영화감독은 달라도 한참 다르구나.'

특히 김성민은 알렉상드르 아스트뤽을 신봉하며 또 동시에 큰 성공을 거둔 대한민국의 몇 명 되지 않는 작가주의 감독 중의 한 명이었다. 아스트뤽은 1940년대 후반, 프랑스에서 시작된 작가주의 열풍의 주역 중 한 명으로서, 카메라 만년필을 주장한 감독 겸 영화 비평가였다.

간단하게 설명하자면 카메라 만년필은 작가가 만년필로 글을 쓰듯 감독도 카메라를 가지고 표현하고자 하는 것들을 나타낼 수 있다는 것을 말했다. 즉, 작가주의 감독은 시나리오와 연출, 조명, 분장, 의상, 연기, 미술 등을 종합한 미장센을 모두 통제하는 감독을 말한다. 요즘 같이 영화가 분업화된 시대에서 미장센을 통제하는 감독은 그리 흔치 않다. 특히 상업 영화가 주름을 잡고 있는 대한민국에서는 더더욱 그랬다.

이제 얼마 후면 김성민 감독은 '복수를 합시다'를 찍었던 백찬오 감독이나 '괴물 새끼'의 방준희 감독과 함께 대한민국을 대표하는 3대 작가주의 감독으로 등극을 하게 된다.

현우는 가만히 서서 장차 거장이 될 김성민 감독의 모든 것들을 눈으로 담았다.

"광각렌즈로 갈아 끼워!"

김성민의 외침에 모자를 눌러쓴 스탭 한 명이 표준 렌즈를 빼고 광각렌즈로 갈아 끼웠다. 표준 렌즈가 인간의 시야와 비슷하다면, 광각렌즈는 실제 공간을 조금 더 넓게 보이게 하는 역할을 했다. 보통 광고에서는 잘 사용하지 않는 렌즈였다.

"역광 올리고 45도 각도로 반사판 올려!"

역광. 삼각 조명 중에 뒤쪽 조명이 켜졌고 스탭들이 가게 바닥으로 반사판을 깔았다.

"헤드룸은 충분하니까 룩킹룸 좀 확보하고!"

헤드룸은 화면에 나오는 인물의 머리 위에 일정한 공간을 남겨두어 안정감을 주는 것을 말했다. 그리고 룩킹룸은 피사체, 즉 송지유가 바라보는 쪽에 공간을 남겨두는 것을 말했다. 스탭들이 분주하게 팬들을 일으켜 조금 더 왼쪽으로 공간을 이동시켰다. 삼겹살 가게의 오른쪽 벽으로 송지유가 앉을 테이블도 조금 이동시켰다.

"지유 씨. 테이블로 앉아봐요."

의상과 메이크업을 고친 송지유가 자리에 앉았다. 김성민과 스탭들이 카메라를 들여다보기 시작했다.

"좋아, 괜찮네. 수평 앵글로 맞추고 이대로 가자고."

"감독님, 저도 봐도 되겠습니까?"

"당연히 봐야죠."

현우가 카메라를 들여다보았다. 카메라를 통해 보이는 삼겹살 가게 안은 정말 묘했다. 현우가 카메라에서 눈을 떼고 삼겹살 가게를 살펴보았다.

"너무 다른데요? 이거 대체 뭡니까?"

현우는 크게 놀랐다. 카메라로 들여다보는 삼겹살 가게와 실제 눈으로 보는 삼겹살 가게의 분위기는 전혀 달랐다. 카메라로 보이는 삼겹살 가게는 뭐랄까, 연한 갈색 톤으로 물들어 따듯하고 포근하면서도 역동적인 느낌이 들었다. 가게 내부도 실제보다 훨씬 더 길고 넓어 보였다. 특히 포커스를 집중시키지 않았는데도 테이블에 앉아 있는 송지유가 한눈에 들어왔다. 그러면서도 테이블에 앉아 있는 팬들에게 은근히 시선이 갔다.

"그냥 뭐 간단하게 구도 좀 잡아본 겁니다. 매니저님도 지유 씨 옆으로 가봐요."

"제가요? 1인칭 시점으로 쭉 찍는 거 아니었습니까?"

"매니저님이 엑스트라들을 데리고 오는 바람에 생각이 달라졌습니다. 저기 가서 앉아 보라니까요."

"하아, 광고에 저까지 출연을 해야 하는 겁니까?"

현우는 당황스러웠다. 1인칭 시점으로 촬영이 계속되어 왔기에 그냥 카메라 옆에 서서 송지유를 도울 생각이었는데 상황이 갑자기 달라졌다.

"히히, 재밌겠다. 가만히 있어 봐요."

병 쩌 있는 현우의 얼굴로 김은정이 간단하게 기초 메이크업을 해주었다. 메이크업을 마친 김은정이 김성민에게 물었다.

"의상은 괜찮죠? 딱 복학생 패션이잖아요. 청바지에 운동화, 티셔츠에 체크 남방."

"콘티랑 조금 다르긴 하지만 나쁘지 않네요. 그럼 이제 촬영 시작하죠."

현우는 얼떨결에 송지유의 맞은편으로 앉았다. 김성민이 다시 확성기를 들었다.

"뒷모습이랑 옆모습만 나올 거니까 쫄 거 없습니다. 보는 사람들은 매니저님이 누군지도 모를 겁니다."

현우는 그나마 마음을 놓았다. 하얀색 원피스 차림의 송지유가 현우를 빤히 쳐다보고 있었다. 현우가 어색하게 웃었다.

"차라리 다행인 건가?"

"뭐가 다행인데요?"

"다른 모델을 쓰느니 차라리 편안한 내가 낫잖아. 안 그래?"

현우의 말이 끝나자마자 스탭들이 테이블을 세팅했다.

"그럼 가겠습니다! 레디! 액션!"

큐 사인이 떨어지자마자 테이블에 앉은 팬들이 자유롭게 식사를 시작했다. 송지유가 발그레한 얼굴로 현우를 빤히 쳐다보기 시작했다.

'취한 연기까지? 제법인데?'

현우는 속으로 감탄을 했다. 도도한 척 애써 취기를 숨기려 하는 모습이 진짜 같았다.

[우리 짠! 해요.]

송지유가 소주잔을 내밀었다. 뒷모습과 옆모습만 나오던 현우가 소주잔을 들고 오른팔을 송지유로 쪽으로 내밀었다.

[짠!]

송지유는 생수가 담긴 소주잔을 단번에 들이켰다. 그러고
는 테이블 위로 팔을 걸치고 턱을 괴었다.

[선배, 나 좋아하죠?]

게슴츠레한 눈동자로 현우를 바라보던 송지유가 소주 뚜껑
을 들었다.

[던져서 앞면 나오면 우리 사귀는 거예요?]

소주 뚜껑을 던져야 하는데 송지유가 머뭇거리다 결국 NG
가 났다.

"바로 다시 갑니다! 레디! 액션!"

감정을 유지하기 위해 곧바로 촬영이 시작되었다. 송지유가
능숙하게 연기를 이어갔다. 그런데 소주 뚜껑을 던지는 부분
에서 또 NG가 나고 말았다. 그 다음 촬영에서도 마찬가지였
다. 결국 현우가 나섰다.

"지유야, 잘하다가 갑자기 왜 그래? 피곤해? 조금 쉴래?"

"……."

송지유는 아무 대꾸도 하지 않았다. 얼굴 표정도 그다지 좋아 보이지 않았다.

"지유야?"

"잠깐만 말 걸지 말아요."

송지유가 차갑게 말했다. 결국 스탭들과 함께 지켜보던 김은정이 송지유를 데리고 잠시 가게 밖으로 나갔다.

'뭐야? 내가 뭐 잘못했나? 왜 그러는 건데?'

현우는 어리둥절했다. 멀리서 이를 지켜보던 식당 이모가 갑자기 현우의 등짝을 후려쳤다.

"악! 이모?! 갑자기 왜 때리는 건데요?"

"몰러! 그냥 얄미워서 그랬어!"

현우는 당최 영문을 몰라 그냥 머리만 긁적였다. 몇 분 지나지 않아 송지유가 김은정과 함께 돌아왔다.

"이제 좀 괜찮아?"

"괜찮아졌어요. 화내서 미안해요."

"아냐. 아침부터 고생 많았잖아. 피곤할 만도 하지."

송지유는 별다른 대답을 하지 않았다. 다시 촬영이 시작되고 송지유는 전보다 더 능숙하게 취한 연기를 펼쳤다. 드디어 계속해서 NG를 냈던 장면에 도달했다.

[던져서 앞면 나오면 우리 사귀는 거예요?]

송지유가 소주 뚜껑을 던지려다 말고 손에 쥔 채로 그냥 테이블 위에 내려놓았다. 맑은이슬 로고가 박힌 소주 뚜껑을 다른 카메라가 익스트림 클로즈업으로 담았다.

송지유가 취기가 오른 표정으로 헤헤 웃었다. 그러다 단번에 진지한 표정으로 얼굴색을 바꾸고는 입을 열었다.

[선배, 우리 이제 사귀는 거네요? 그러니까 이제 오빠라고 할래요.]

잠시 정적이 흘렀다. 송지유의 얼굴이 유난히도 붉어져 있었다. 진짜로 취했나 싶을 정도였다.

'지유가 좀 이상한데?'

현우가 의문을 가지려는 찰나, 김성민이 컷을 외치며 촬영이 끝나 버렸다. 스탭들과 팬들이 다 함께 박수를 쳤다. 현우가 머쓱한 얼굴로 자리에서 일어났다.

"스탭 여러분들에게는 죄송하지만 촬영 하나가 더 남아 있습니다."

현우의 말이 끝나고 김성민이 스탭들에게 추가된 콘티를 보여주었다. 10분 정도 휴식을 취한 후 마지막 콘티 영상 촬영이 시작되었다.

이번에는 촬영 방식이 조금 독특했다. 김성민이 메인 카메라를 스탭들에게 넘겨주고 남은 두 대의 카메라 중 하나를 집어 들었다.

"좀 떨어져서 핸드헬드로 찍을 거니까 지유 씨랑 팬분들은 카메라 의식하지 말고 편하게 식사하세요. 그럼 조금 이따가 다시 들어오겠습니다."

김성민 감독이 콘티의 핵심을 주지시키고는 스탭들과 함께 가게를 나섰다. 팬들이 카메라를 의식하지 못하도록 잠시 자리를 비운 것이었다. 가게 안으로 삼각대 위에 올려놓은 메인 카메라만 덩그러니 남았다.

팬들의 가슴마다 카페에서 쓰는 닉네임이 명찰로 달린 걸 빼고는 자연스럽게 팬 미팅 겸 식사가 시작되었다. 현우는 멀찍이 떨어져서 송지유와 팬들을 바라보기만 했다. 송지유를 둘러싸고 있는 팬들은 정말로 행복해 보였다.

'괜히 나까지 흐뭇하네.'

절로 입가에 미소가 지어졌다. 그러다 가게 밖에서 멀뚱히 서 있는 현우를 향해 팬들의 아우성이 쏟아졌다. 박 팀장이 일어나 현우의 팔을 잡았다.

"현우 대표님도 한잔 받으셔야죠!?"

"저보고 광고에 얼굴 나오라는 소리입니까?"

"저희들은 지유 님을 위해서 광고 출연도 하는데, 대표님이 빼시면 안 되죠! 어차피 무형에도 여러 번 나오셨잖아요!"

"아니… 뭐 그렇긴 한데……."

옳은 말이라 딱히 반박을 할 수가 없었다. 그래도 왠지 꺼림칙했다.

"안 올 거예요?"

급기야 송지유가 현우를 흘겨봤다. 결국 현우도 송지유의 옆에 앉아야 했다. 분위기가 무르익었고, 다들 의식하지 못하는 사이 김성민이 카메라를 손에 들고 스탭들과 함께 가게 안으로 들어왔다.

*   *   *

초록색 봉고차에서 내린 현우는 주로사의 사옥을 올려다보았다. 다른 대기업에 비해 사옥 자체는 그리 크지 않았다. 하지만 국내 1위의 주류 기업답게 사옥 자체가 풍기는 분위기가 남달랐다.

"들어가자."

현우가 송지유를 이끌고 사옥 안으로 들어섰다. 재임 미디어 관계자들이 현우와 송지유를 반겼다.

"편집은 다 끝난 겁니까?"

"예. 감독님이 끝까지 도와주셔서 편집도 무사히 끝이 났습니다. 이제 프레젠테이션에서 저희가 사활을 걸어야지요."

며칠 사이 최민철 팀장은 핼쑥해져 있었다. 새로운 콘티를 가지고 재임 미디어의 상부를 설득시키느라 마음고생을 했기 때문이다. 조금 미안하긴 했지만 현우는 자신이 있었다. 오늘 아침, 편집을 마친 콘티 영상을 확인했기 때문이다. 대신 재임 미디어 쪽이 걱정이 되었다. 광고업계에서 가장 중요한 것 중에 하나가 바로 프레젠테이션 능력이었다. 아무리 프레젠테이션 준비를 잘했다고 해도 결국은 실전에서 광고주를 설득하고 그 마음을 얻어내야 했다.

"프레젠테이션은 자신 있으시죠?"

"물론입니다. 신창 기획보다 역사는 짧지만 저희도 광고업계에서는 나름 잔뼈가 굵어요. 프레젠테이션이라면 자신 있습니다."

"그럼 팀장님만 믿겠습니다."

"예, 믿으세요. 매니저님이 콘티 영상까지 훌륭하게 뽑아 주셨는데, 저희도 보답을 해야 하지 않겠습니까? 그럼 들어가시죠."

재임 미디어 관계자들과 함께 프레젠테이션이 진행될 대회의실로 들어갔다. 송지유가 등장하자 광고업계 관계자들이 탄성을 터뜨렸다. 하지만 그 탄성은 곧 당혹감으로 바뀌었다. 프레젠테이션에 연예인을 데리고 오는 경우는 극히 드물었기 때문이다. 뒤이어 탄성이 또다시 이어졌다. 이번에는 신창 기획 관계자들과 함께 걸즈파워가 등장했다.

'아이돌 끝판왕이 등장했구나.'

현우의 눈동자가 깊어졌다. 걸즈파워는 현우가 과거로 돌아오기 전에도 왕성한 활동을 했었다. 물론 전성기 때만큼은 아니었지만 국민 걸 그룹으로 불리기에 손색이 없었다. 그런데 전성기에 접어들고 있는 걸즈파워를 직접 보게 되니 감회가 새로웠다. 이상하게도 이장호 회장을 만났을 때보다 더 떨렸다.

현우가 생각에 잠겨 있는 사이 송지유도 물끄러미 걸즈파워를 쳐다보고 있었다.

"지유야, 안 떨려?"

"안 떨려요."

"그래, 진짜 그런 거 같다."

긴장을 하고 있는 현우와 다르게 송지유는 편안해 보였다.

"일단 선배는 선배니까 인사하러 가자."

"그래요."

현우와 송지유가 다가오자 걸즈파워도 일제히 자리에서 일어났다. 현우가 걸즈파워 멤버들을 하나하나 스캔했다. 물론 S&H의 매니저들도 송지유를 살펴보느라 정신이 없었다.

"안녕하세요. 송지유입니다."

송지유가 차분하게 인사를 건넸다.

"안녕? 우리들이랑은 처음 보는 거지? 너 진짜 예쁘다. 난 걸즈파워 리더 엘시라고 해. 본명은 이다연이고, 진짜 반가워."

엘시가 먼저 손을 내밀자 송지유도 손을 내밀었다. 손을 마주 잡은 채 엘시가 얼굴을 들이밀었다.

"와아. 피부 좋은 거 봐. 관리 따로 받는 거야? 아니면 우리 유나처럼 타고난 거야?"

"타고난 거예요."

"우와, 너 엄청 솔직하네? 마음에 든다, 들어!"

"나도 마음에 들어! 난 유나라고 해! 나도 예쁘지? 헤헤."

"미안. 요즘 유나가 공주병이 재발했거든. 난 크리스틴이라고 해. 한국 이름은 조수진."

엘시뿐만 아니라 다른 멤버들도 송지유를 반갑게 맞아주었다. 매니저들과 짤막하게 인사를 나눈 현우는 걸즈파워 멤버들을 유심히 지켜보고 있었다. 데뷔 5년차에 접어든 걸즈파워 멤버들은 하나같이 다 여유가 넘쳤다. 과연 이장호 회장의 작품다웠다.

'걸즈파워 애들도 대단하지만 지유도 대단해.'

걸즈파워 멤버들과 일일이 안면을 트면서도 송지유는 당황하거나 긴장한 기색이 전혀 없었다. 그냥 대학 선배들을 대하는 듯했다. 적당히 예의와 본인만의 텐션을 유지하고 있었다.

"음?"

우연히 걸즈파워의 멤버 중 한 명과 눈이 마주쳤다. 공교롭게도 엘시였다. 엘시의 입꼬리가 올라갔다.

"아! 그분 맞죠!? 키다리 매니저! 훈남 매니저!"

"매니저는 맞습니다만, 키다리랑 훈남은 좀 아닌 것 같습니다, 하하."

현우가 멋쩍게 웃었다. 분위기가 무거운 대회의실에서 키다리 매니저나 훈남 매니저라는 소리는 좀 곤란스러웠다.

"사진 한 장만 같이 찍어요!"

자그마한 체구의 엘시가 어느새 현우의 옆으로 바짝 붙어, 핸드폰을 높이 들고 사진을 여러 장 찍었다.

"실제로 보니까 더 멋있으세요! 무형 보고 저 팬 됐거든요!"

"좋게 봐줘서 고마워요."

"에이, 말 편하게 하세요. 앞으로 자주자주 볼 거 같은데."

"그럼 다음에 보면 말 놓기로 하죠."

현우는 지금의 상황이 제법 불편했다. 하필 팬 카페에서 읽었던 팬픽에서 엘시가 연인으로 나왔기 때문이다. 회사와 회사를 뛰어넘는 일종의 금단의 사랑이 주제였는데, 현우가 쪽지를 보냈음에도 작가는 아직도 답장이 없었다.

'헉!'

현우가 헛바람을 들이켰다. 송지유가 차가운 얼굴로 현우를 노려보고 있었다.

"저도 엘시 선배님이랑 사진 찍고 싶어요."

송지유가 대뜸 말했다. 상황을 모르는 엘시는 그저 환영이었다. 엘시와 송지유가 나란히 섰다. 그런데 송지유가 현우를 빤히 쳐다보고 있었다.

"뭐 해요?"

"어?"

"오빠도 이리로 와요."

얼떨결에 현우의 좌우로 송지유와 엘시가 자리했다. 송지유와 엘시가 각자 들고 있는 핸드폰으로 사진을 찍었다. 심지어 송지유는 평소 하지도 않던 팔짱까지 꼈다.

"매니저님은 SNS 하세요?"

엘시가 대뜸 물었다.

"계정은 있죠."

"그럼 친구 추가해도 되죠?"

"얼마든지요."

딱히 거절을 할 이유가 없었다.

가볍게 안면을 트고 현우와 송지유가 자리로 돌아왔다. 때마침 프레젠테이션이 시작되고 있었다. 대회의실의 문이 열리며 주로 쪽 관계자들이 들어섰다.

'이제 광고주 프레젠테이션만 남은 건가.'

결전의 순간이 다가오고 있었다.

　　　　　＊　　　　　　＊　　　　　　＊

　이번 입찰에 뛰어든 광고 회사는 무려 열한 곳이나 되었다. 광고업계 1위인 신창 기획과 그동안 맑은이슬의 광고를 도맡았던 재임 미디어 간의 싸움이라는 설이 업계에 파다했다. 하지만 다른 광고 회사들도 대형 광고를 그저 넋 놓고 볼 수만은 없던 모양이었다.

　'다들 사활을 걸었구나.'

　프레젠테이션은 치열했으며 열정이 넘쳤다. 현우 입장에서는 새로운 경험이었다. 하지만 아쉬운 것이 있다면 대부분 성적 소구를 활용하고 있다는 것이었다. 그러다 보니 가상으로 선정해 놓은 광고 모델들이 대부분 많이 겹치곤 했다.

　이번 프레젠테이션이 끝나면 신창 기획의 차례였다. 재임 미디어 관계자들을 살펴보니 다들 긴장한 기색이 역력했다. 마침내 신창 기획 쪽 관계자가 단상으로 올라왔다. 거대한 스크린으로 PPT 파일 하나가 떠올랐다.

　"저희 신창 기획은 맑은이슬의 주 소비자층을 광고 목표로 잡고 시장을 분석했습니다. 자, 보시죠."

　소주를 소비하는 주 세대층에 대한 자료들이 하나둘 떠올랐다. 맑은이슬을 주로 소비하는 계층은 20대나 30대보다는 40대와 50대가 압도적으로 많았다. 남녀 비율을 따졌을 때도 여성보다는 남성 소비자들의 소비율이 훨씬 높았다.

"경쟁사인 로데사(社)의 오늘처럼의 경우, 저희 맑은이슬보다는 20대, 30대층의 소비율이 좀 더 높았습니다. 그리고 주목해야 할 점은 여성 소비자 비율이 저희 맑은이슬보다 압도적으로 높다는 것이었습니다. 그 이유가 뭘까요? 저희는 제품의 품질보다는 마케팅적인 측면에서 접근해 보았습니다."

맑은이슬의 광고 모델이었던 서주아와 오늘처럼의 광고 모델인 김세희가 떠올랐다. 서주아가 8등신에 글래머 스타일이라면, 김세희는 청순한 스타일에 연기파 여배우라는 느낌이 매우 강했다.

"저희는 설문조사를 통해 20대, 30대 여성 500명을 무작위로 조사했고 이중 84%의 응답자가 김세희 씨를 더 호감 가는 모델로 뽑아주셨습니다."

현우도 조용히 고개를 끄덕거렸다. 맑은이슬이 대대로 섹시 스타들을 중심으로 광고 모델을 내세웠다면, 오늘처럼은 평범하고 수수한 이미지의 광고 모델을 선호했다. 광고 모델이 가지고 있는 이미지가 얼마나 큰 영향이 있겠나 싶겠지만, 실제로 그 영향은 매우 컸다.

'괜히 광고로 큰돈을 버는 게 아니지.'

물론 자동차나 가전제품같이 고가의 가격을 가지고 있는

제품들은 광고 모델보다는 브랜드 이미지와 가격, 성능에 따라 소비자가 주도적인 결정을 내린다. 하지만 몇천 원밖에 하지 않는 제품들은 대부분 광고 모델이 가지고 있는 이미지와 호감도에 큰 영향을 받았다. 특히 이맘때의 소주 업계는 나름 위기 아닌 위기를 겪고 있었다. 젊은 세대들이 도수가 높은 소주보다는 맥주를 더 선호했기 때문이었다. 특히 젊은 여성들의 소주 선호도는 현저히 떨어졌다. 주로사의 관계자들도 이를 모를 리가 없었다. 그런 면에서 신창 기획의 프레젠테이션은 상당히 설득력이 있었다.

"저희 신창 기획에서는 이번 광고 모델로 걸즈파워를 생각하고 있습니다. 걸즈파워분들을 소개하겠습니다."

걸즈파워 멤버들이 자리에서 일어나 주로사의 관계자들 향해 짤막하게나마 인사를 했다.

"걸즈파워는 여기 계신 분들도 잘 알고 계실 겁니다. 현존하는 최고의 걸 그룹이죠. 무엇보다도 걸즈파워는 여성 팬들의 비율이 두텁기로 유명합니다. 다음 자료 보시죠."

PPT로 걸 그룹 선호도가 도표로 떠올랐다. 여러 걸 그룹들의 그룹명이 떠올랐고, 그중에서도 걸즈파워의 2, 30대 여성 선호도는 압도적으로 높았다. 또한 남성 선호도도 압도적이었다.

"그럼 마지막으로 저희 신창 기획에서 준비한 콘티 영상을 보시죠."

PPT 대신 동영상 하나가 재생되었다. 화려한 클럽 스테이지 위에서 걸즈파워 멤버들이 히트곡 중 하나를 부르며 군무를 추고 있었다. 손에는 맑은이슬이 하나씩 들려 있었다. 신창 기획의 콘티 영상은 걸즈파워가 자랑하는 각선미를 집중적으로 부각시켰다.

'소주 광고치고는 파격적인데.'

20대, 30대 여성들이 주로 찾을 법한 클럽에서 걸즈파워가 등장했다. 무대의상이 아닌 젊은 여성들이 즐겨 입을 만한 옷차림을 한 걸즈파워가 웅장한 사운드와 함께 히트곡을 선보였다.

늘씬하고 미끈한 다리가 돋보였다. 남자라면 분명 시선을 떼지 못할 정도였다. 신창 기획의 콘티 영상은 걸즈파워의 각선미를 부각시켜 성적 소구를 적절히 사용하고 있었다. 단순히 여성 소비자뿐만 아니라 남성 소비자까지 끌어들이겠다는 생각 같았다.

"그럼 저희 신창 기획의 프레젠테이션을 마치겠습니다."

주로사의 관계자들이 흡족한 얼굴로 박수를 쳤다.

'이제 우리 쪽 차례다.'

광고주 프레젠테이션의 마지막 순서는 공교롭게도 재임 미디어였다. 최민철 팀장이 숨을 고르며 단상으로 올라섰다.

"재임 미디어의 최민철 팀장입니다. 그러면 본격적으로 프레젠테이션을 시작하겠습니다."

PPT 자료가 떠올랐다. 그동안 맑은이슬 광고를 도맡았던 재임 미디어다웠다.

신창 기획과 마찬가지로 젊은 소비자층의 부진한 소비율과 여성 소비자들의 낮은 비율을 거론하며 주 소비자층을 냉정하게 분석하고 있었다. 시장 분석이 끝나고 스크린으로 송지유의 앨범 재킷 사진이 떠올랐다.

"저희 재임 미디어에서는 이번 광고 모델로 송지유 양을 생각하고 있습니다."

PPT 자료엔 송지유에 대한 기사들이 수없이 담겨 있었다. 헤드라인 하나하나가 송지유를 극찬하고 있었다.

무모한 형제들이 세웠던 시청률 신기록과 함께, 주요 음원 차트를 올킬 하고 있는 종로의 봄이 배경음으로 깔리며 소개되었다.

"자료에서 보셨듯이 송지유 양이야말로 요즘 대중들에게 가장 큰 사랑을 받고 있는 존재라고 할 수 있습니다. 그리고 실제로 유명인 선호도를 보신다면 송지유 양이 무려 3위에 올라 있는 것을 확인하실 수 있습니다. 한정된 성별이 아니라 남녀노소를 가리지 않고 많은 사랑을 받고 있는 거죠."

국민 개그맨 장지석이 부동의 1위를 차지하고 있었고, 뒤이어 축구 스타 박대성이 2위를 차지하고 있었다. 3위였던 피겨 요정 이연수는 송지유에게 밀려 4위를 차지하고 있었다. 현우도 깜짝 놀랄 만한 자료였다.

"더 이상의 설명은 하지 않겠습니다. 저희가 준비한 콘티 영상을 보시죠. 특별히 저희 재임 미디어는 네 개의 이야기를 준비했습니다."

무려 4개의 콘티 영상을 준비했다는 말에 신창 기획 쪽 관계자들의 얼굴이 굳어버렸다. 콘티 영상을 4개나 준비했다는 건 그만큼 많은 준비를 했다는 것과 같았다.

'젠장! 떨리네!'

현우 역시 숨을 골랐다. 노래가 아닌 다른 분야에서 평가를 받는 것은 이번이 처음이었다.

"불 좀 꺼주시겠습니까?"

대회의실이 어두워졌고 첫 번째 에피소드가 흘러나오기 시작했다.

대학 MT의 첫날 밤, 펜션 안으로 학생들이 뒤엉켜 잠이 들어 있었다. 송지유도 창문을 넘어 들어오는 달빛을 받으며 곤히 잠을 자고 있었다. 그러다 느껴지는 인기척에 소주병을 끌어안고 자고 있던 송지유가 부스스 눈을 뜨며 앉았다.

[어? 선배님, 안 주무셨어요?]

잠에 취해 있던 송지유가 놀라며 도도한 척 자세를 바로 하다가. 카메라를 향해 얼굴을 가까이 했다. 기다란 머리를 쓸어 넘기며 송지유가 소주병을 내밀었다.

[저 안 취했어요. 우리 둘이서 한잔 더 해요. 네?]

묘한 표정과 함께 화면이 어두워졌다.

곧바로 두 번째 에피소드가 시작되었다. 하얀 원피스를 입은 송지유가 노을과 햇살이 어우러진 캠퍼스를 걷고 있었다. 그러다 송지유가 몸을 돌렸다. 카메라가 송지유의 상반신을 잡았다. 그때 어디선가 바람이 불어왔고 기다란 생머리가 송지유의 얼굴을 살짝 스쳤다. 그리고 말했다.

[선배였어요?]

콘티 영상을 보고 있던 광고 회사 관계자들이 자기도 모르게 탄성을 내질렀다. 방금 전 장면에서 송지유의 비주얼이 폭발했기 때문이었다. 콘티 영상 속 송지유가 다시 입술을 열었다.

[MT 때 챙겨줘서 고마웠어요. 다음에 봐요.]

살짝 웃으며 몸을 돌린 송지유가 천천히 걷다가 다시 고개를 돌렸다. 바람에 흘러내리는 머리카락을 귀 뒤로 넘기며 희미한 미소를 머금었다.

[선배. 저랑 소주 한잔할래요?]

세 번째 에피소드가 이어졌다. 삼겹살 가게 안은 직장인 손님들이 가득했다. 그리고 갑자기 화면이 전환되며 발그레한 송지유가 카메라를 빤히 쳐다보고 있었다. 클로즈업으로 화면을 잡아 마치 실제처럼 생생했다.

[우리 짠! 해요.]

취기를 감추며 송지유가 소주잔을 내밀었다. 소주잔을 든 현우의 오른팔이 쭉 내밀어졌다.

[짠!]

송지유가 소주잔을 단번에 들이켰다. 그러고는 테이블 위로 팔을 걸치고 턱을 괴었다.

[선배, 나 좋아하죠?]

게슴츠레한 눈동자로 현우를 보던 송지유가 소주 뚜껑을 홱 들었다.

[던져서 앞면 나오면 우리 사귀는 거예요?]

송지유가 소주 뚜껑을 던지려다 순간 테이블로 소주 뚜껑을 탁 내려놓았다. 맑은이슬 로고가 박힌 소주 뚜껑이 익스트림 클로즈업으로 잡혔다가 다시 송지유가 보였다.

[선배, 우리 이제 사귀는 거네요? 그러니까… 이제 오빠라고 할래요.]

송지유의 양 볼이 발그레했다. 표정도 그 어느 장면보다도 생생했다.

불이 켜지며 대회의실이 환해졌다. 주로사의 관계자들은 물론이고, 다른 광고 회사 관계자들도 박수를 치기 시작했다.

"이거 완전히 영화 아냐? 누가 찍은 건데?"

"작정했네, 작정했어."

특히 광고 회사 관계자들의 찬사가 쏟아졌다. 콘티 영상이 아니라 그냥 영화를 찍어온 셈이었다. 반대로 신창 기획 쪽 관계자들과 S&H의 매니저들은 표정이 좋지 못했다. 재임 미디어에서 이렇게까지 작정하고 나올 줄은 예상하지 못했다.

"잠깐만요! 감사합니다만… 처음에 네 개의 영상을 찍어왔다고 하지 않았습니까? 하나 남은 영상을 마저 보여 드리겠습니다. 앞서 나온 세 개의 이야기들과는 전혀 다른 이야기지만 마음에 드실 겁니다."

최민철 팀장의 말에 대회의실이 웅성거렸다. 분명 3개의 에피소드로 이루어진 이야기가 끝이 났는데, 또 어떤 이야기가 남아 있나 싶었다. 그사이 네 번째 영상이 시작되고 있었다.

네 번째 콘티 영상이 흘러나오자 광고 회사 관계자들이 다시 한 번 웅성거렸다.

"어? 저 사람들 아까 나왔던 엑스트라들 아니었어?"

"송지유 팬클럽 사람들인 거 같은데?"

"진짜 그러네? 그럼 진짜 직장인들이라는 소리잖아?"

콘티 영상 속 분위기는 화기애애했다. 팬들은 송지유를 보며 행복한 얼굴들을 하고 있었다. 얼음 인형이라는 별명으로 유명한 송지유가 웃고 있는 모습도 신기하게 보였다.

[저랑 한잔해요, 박 팀장님.]

콘티 영상 속 박 팀장이 얼굴을 붉히며 함박웃음을 지었다. 그리고 카메라가 클로즈업 되며 박 팀장의 명찰을 부각시켰다. 명찰에는 '얼굴천재지유'라는 닉네임이 적혀 있었는데, 콘티 영상을 보던 사람들이 폭소를 터뜨렸다.

[캬아!]

직장인 6년차인 박 팀장이 맛깔스럽게 소주를 마셨다. 송지유는 소주잔을 들고는 카메라 쪽을 보고 있었다. 팬들도 흑기사를 연호했다.

[뭐 하고 있어요? 안 올 거예요?]

송지유 특유의 차가운 표정이 클로즈업되며 네 번째 콘티 영상이 끝이 났다. 대회의실의 불이 켜졌고, 이번에도 주로 쪽 관계자들을 시작으로 박수가 쏟아졌다.
"연기를 잘하는 거야? 아니면 연출이 좋은 거야?"
"내 생각에는 둘 다야."
광고 회사 관계자들에게도 신선한 충격이었다. 실제 송지유의 팬들을 찍었기 때문인지 화기애애했던 분위기는 현실감이 넘쳤다. '얼굴천재지유'라는 닉네임을 쓰는 팬은 큰 웃음을 주었고, 마지막에 송지유의 차가우면서도 사람을 끌어당기는 마성의 미소는 강한 중독성이 있었다.

"프레젠테이션은 여기서 마치겠습니다."

최민철 팀장이 단상에서 내려오며 회사 동료들과 하이파이브를 주고받았다. 현우에게는 하이파이브 대신 악수를 청했지만 현우가 이를 거절했다.

"사람 차별하는 겁니까? 저랑은 하이파이브 안 합니까?"

"하하, 알겠습니다. 매니저님."

현우와 최민철이 하이파이브를 했다. 광고주 프레젠테이션은 성공적으로 마무리가 되었다. 대회의실을 빠져나오는 내내 재임 미디어 쪽은 이미 축제 분위기였다.

"정말 다행입니다. 사실 저희도 큰 기대를 걸고 있지는 않았거든요. 서주아 씨의 스캔들은 저희 입장에서는 할 말이 없는 사건이었으니까요. 그런데 매니저님이랑 지유 씨 덕분에 기사회생했습니다. 특히 매니저님이 정말 수고가 많으셨습니다. 정말 감사드립니다. 조만간 근사한 곳에서 식사를 대접하겠습니다."

사옥 앞에서 최민철과 재임 미디어 관계자들이 정중하게 고개를 숙였다. 벌건 대낮에 갑자기 고개를 숙이니 현우 입장에서는 조금 민망했다.

"여러분들도 고생 많으셨습니다. 그리고 콘티는 감독님이 다 하신 건데요, 뭐. 그러니까 더 이상의 인사치레는 사양하겠습니다. 대신 식사 대접 약속은 꼭 지키세요."

"하하. 물론입니다."

"그런데, 변수는 없는 겁니까? 우리가 전혀 예상하지 못하는 변수 말입니다."

최민철이 자신감 가득한 얼굴로 대답했다.

"변수는 없을 겁니다. 매니저님도 기획 홍보팀 반응 보셨지 않습니까? 이사진들도 반응이 아주 좋았습니다. 더 기분이 좋았던 건, 업계 사람들의 반응이 좋았다는 겁니다. 신창 기획이 대단한 곳이긴 하지만 이 광고는 무조건 우리 겁니다. 그러니 걱정 마세요."

"그럼 다행입니다."

현우가 씩 웃으며 말했다.

*   *   *

봉고차 운전석에 앉자마자 현우는 김성민 감독에게 전화를 걸었다. 재임 미디어 관계자들도 수고를 하기는 했지만, 콘티 영상을 촬영한 김성민에게 비할 바는 아니었다.

"감독님, 접니다. 프레젠테이션 방금 전에 끝났습니다."

—빨리 끝났네요. 반응은… 어땠습니까?

　핸드폰 너머로 김성민 감독이 긴장을 하고 있다는 것이 느껴졌다. 농담을 건넬까 하다 현우는 그냥 사실을 말하기로 했다.

　"우리가 이긴 거 같습니다."

　—정말입니까?!

　"그럼요. 감독님이 워낙 잘 찍어주셔서 다른 광고 회사 사람들도 놀라던데요? 영화 아니냐고 난리였습니다."

　—후우, 잘됐네요. 매니저님 덕분입니다. 사실 매니저님이 중심을 잡아주지 않았으면 저도 이렇게까지는 못 찍었을 겁니다. 기분 나쁘게 들릴 수도 있지만 매니저는 그냥 운전이나 해주고 연예인 비위나 맞춰주는 직업인 줄 알았거든요. 근데 매니저님을 보면 그런 거 같지도 않네요.

　김성민의 직설적인 말에 현우는 피식 웃었다. 칭찬을 하는 건지 아니면 욕을 하는 건지 애매모호했지만, 다행히 기분은 좋았다.

　"칭찬으로 듣겠습니다. 그리고 광고로 목돈 들어오면 따로 사례를 하겠습니다."

　—아뇨, 사례는 사양하겠습니다. 재임 미디어에서 페이도 충분히 받았어요.

　"저한테까지 빡빡하게 대하시는 겁니까? 회사 독립한 지 얼마 되지 않아서 많이는 못 드리지만, 후배분들 용돈 정도는 나누어 줄 수 있게 챙겨 드리겠습니다."

―그럼 감사하겠지만… 저한테 왜 이렇게 잘해주시는 겁니까?

핸드폰으로 들려오는 김성민의 목소리가 진지해져 있었다. 영화에 목숨을 거는 영화인답게 김성민은 자존심이 강했다.

"팬심인 거죠. 팬이 후원도 못 합니까?"

―…….

"그럼 조만간 식사 대접하겠습니다."

―감사합니다, 매니저님.

현우의 진심에 김성민도 결국 마음을 열었다. 사실 명절 때마다 후배들에게 늘 미안한 마음이 컸었다. 그 흔한 통조림 선물 세트도 사준 적이 없었다. 늘 빈손으로 고향을 내려가는 후배들을 보며 얼마나 미안했는지 모른다.

반면, 현우는 소리를 죽인 채로 웃고 있었다. 장차 흥행 감독이 될 사람이었다. 인연을 끈끈하게 맺어놓을 필요가 있었다. 그렇다고 아주 흑심만을 가지고 있는 건 아니었다. 어찌되었든 현우는 정말로 김성민 감독의 팬이었으니 말이다.

대부분의 연예 기획사 매니저들과 대표들은 모든 인간관계를 계약 관계를 통해 맺는다. 하지만 현우는 조금 생각이 달랐다.

'투자는 사람한테 하는 거야. 주식도 좋지. 하지만 주식으로 돈 벌 거면 증권회사를 다니지, 왜 연예계에서 기웃거리는 건데? 절에 가면 절 밥을 먹어야 하는 거야. 연예계 종사자면 능력으로 돈을 벌 생각을 해야지.'

연예계에서 현우의 생각을 듣는다면 뜨끔할 사람들이 제법 있었다.

"그럼 또 연락드리겠습니다."

―그래요. 수고해요.

통화를 끝내고 현우는 고개를 돌렸다. 송지유가 새근새근 잠이 들어 있었다.

'하긴, 요 며칠 피곤했을 거야.'

현우는 조심스레 체크 남방을 벗어 송지유에게 덮어주었다.

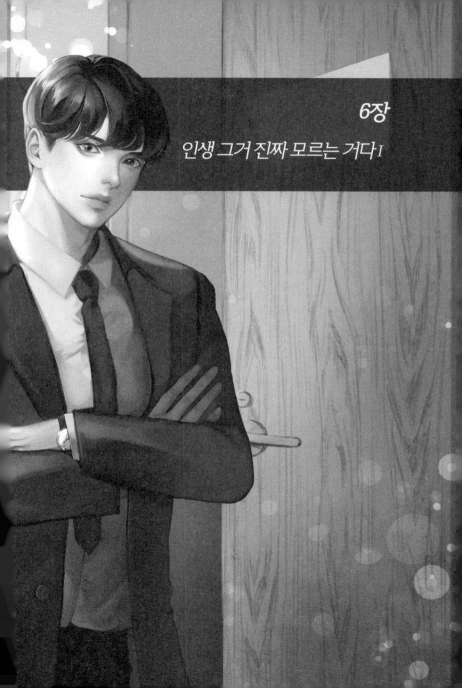

6장

인생 그거 진짜 모르는 거다 I

　송지유를 기숙사에 데려다주고 사무실로 돌아온 현우는 예상하지 못한 손님의 방문에 깜짝 놀라야 했다.

　"연락도 없이 여긴 무슨 일이에요?"

　어울림의 건물 입구로 이진이 작가와 개그맨 정훈민이 현우를 기다리고 있었다.

　"오랜만이에요. 이제는 대표님이라고 불러야 하나요?"

　"내 동생이 연예 기획사 대표라니! 대표라니!"

　정훈민이 유난히도 호들갑을 떨었다. 현우도 두 사람이 반가웠다.

"오랜만에 보니까 반갑긴 하네요. 작가님, 잘 지내셨죠? 형님도 잘 지내셨고요?"

"잘 지냈죠. 현우 씨 덕분에 요즘 잘나가고 있어요."

"하하. 얼굴에 너무 금칠하지 마세요. 따지고 보면 저도 작가님 덕분에 잘나가고 있는 거죠."

정훈민이 현우의 어깨에 팔을 걸쳤다.

"너는 여전하구나. 하나도 변하지 않았어! 그래서 더 마음이 놓인다!"

"제가 왜 변해요? 형님?"

"뜨고 나면 연예인들만 변하는 줄 아냐? 매니저들이 더 장난 아니야. 자기 연예인이 탑스타면 자기들도 잘난 줄 안다니까?"

"전 원래부터 잘났으니까 변할 일은 없겠네요."

현우가 씩 웃으며 말했다. 그리고 다시 입을 열었다.

"형님도 요즘 잘나가시던데요?"

"나? 너도 어디서 소문 들었냐?"

"소문은요. 형님 나오는 방송은 시간 날 때마다 챙겨보고 있는 거죠."

"역시 내 동생이야!"

정훈민이 호탕하게 웃었다.

무모한 형제들 트로트 특집은 비단 송지유만 화제의 중심에 올려놓은 것이 아니었다. 애매한 캐릭터 탓에 겉돌고 있는 정훈민도 자리를 잡고 당당하게 시청자들을 웃기고 있었다.

"나 조만간 케이블에서 예능 하나 들어간다, 현우야. 동생 찬스 좀 쓰게 해주라. 응?"

"네, 알겠습니다."

"고맙다! 고마워!"

"근데 이 말을 하려고 두 분이서 오신 거 같지는 않은데요?"

눈치 빠른 현우의 말에 이진이가 나섰다.

"맞아요. 섭외 때문에 온 거예요."

현우의 눈동자가 빛났다. 그렇지 않아도 팬과 대중들은 예능에서 송지유를 보기를 원하고 있었다. 그런데 무형 제작진에서 먼저 섭외가 왔다.

'잘됐네.'

검증도 되지 않은 예능에 출연을 시킬 바에는 이미 스토리텔링으로 묶여 있는 무형이 훨씬 나았다.

"무형이라면 언제든 환영입니다. 일단 사무실로 들어가시죠."

현우가 두 사람과 함께 회사 안으로 들어갔다.

"뭐, 뭐야?! 이거 카페 아니냐?"

정훈민이 놀랐고 이진이도 놀랐다. 회사 1층엔 카페 하나가 통째로 생겨 있었다. 커피를 내리는 데 필요한 커피 머신들도 가지런하게 놓여 있었고, 꼭 외국계 커피 체인점을 보는 것 같았다. 2층은 더 가관이었다. 녹음 장비만 없었을 뿐이지 녹음

부스는 물론이요, 고가의 방음 시스템이 구축되어 있었다.

3층 사무실로 들어섰다. 이곳 역시도 고급 인테리어로 꾸며져 있었다. 천장에는 조명들이 달린 철제 스틸이 장식품처럼 이어져 있었고, 사무실 책상이나 의자들도 비싸 보였다. 한쪽에는 반투명한 유리 벽으로 만들어진 대표실이 보였다.

두 사람이 입을 벌리며 놀라움을 감추지 못했다.

"너 돈 많이 벌었구나? 새 건물에다가, 인테리어에 돈을 얼마나 쓴 거야? 조금 작긴 해도 우리 소속사보다 나은데? 성공했네!"

"나름 사정이 있었어요. 인테리어 시공 업체 사장님이랑 팀장이라는 분이 지유 팬 카페 회원들이더군요. 직원 DC로 50프로는 깎아준다는데 그래도 몇천은 깨질 거 같습니다."

"직원 DC? 와! 지유 매니저면 그냥 막 깎아주네? 대단하다, 대단해. 진이야, 안 그러냐?"

"그러네요. 이 정도일 줄은 몰랐어요. 인터넷에서 자주 지유를 보기는 하지만요."

송지유의 인기를 새삼 실감하는 두 사람이었다. 현우는 두 사람과 함께 대표실로 들어갔다. 누가 청소라도 해놓았는지 대표실이 유난히도 깨끗했다.

"음? 이거 누가 넣어놓은 거지?"

미니 냉장고 문을 열자 각종 음료수가 보였다. 또 사무실 책상 위로 작은 바구니 하나가 보였다. 음료수 3개를 꺼낸 다음 바구니를 열어보았다. 고소하고 달콤한 향기가 물씬 풍기는 쿠키들이 보였다.

"배고팠는데 잘됐네. 먹자!"

정훈민이 바구니를 받아 들고 쿠키를 입으로 넣었다.

"오?! 이거 맛있는데? 심지어 직접 만든 거 같아!"

"맞아요. 당근 쿠키네요."

이진이가 쿠키를 살펴보며 말했다. 정훈민이 쿠키를 먹다 의아한 얼굴을 했다.

"한쪽은 당근 쿠키고 한쪽은 그냥 쿠키인데?"

현우는 어리둥절했다. 대체 누가 대표실을 청소하고 음료수에 수제 쿠키까지 가져다 놓았단 말인가.

의문은 오래가지 않았다. 쿠키 바구니 안에서 작은 편지가 나왔다.

"직접 열어보세요. 사생활은 존중해 드릴게요."

이진이가 현우에게 편지를 건네었다.

매니저님, 감사합니다. 열심히 하겠습니다. 실망시켜 드리지 않겠습니다. 당근 쿠키는 어머니께 처음 배운 요리예요. 하지만 매니저님이 당근을 싫어하실 수도 있어서 당근을 뺀 쿠키도 만들었습니다. 맛있게 드세요. 힘내세요. 다 드시면 또 만들어 드리겠습니다. 참, 청소는 선배님들이랑 함께했습니다. 선배님들을 칭찬해 주세요. 힘내세요. 또 할 말이 있어요. 회사가 예뻐졌어요. 감사합니다. 그럼 진짜 힘내세요.

편지의 주인은 이솔이었다. 현우에게 할 말이 많았는지 편지 내용이 자꾸 이어져 있었다. 현우는 피식 웃었다. 얼마나 신경을 썼는지 글씨도 아기자기하고 예뻤다.

'기특하네. 근데 좀 미안한데.'

현우가 볼을 긁적였다. 광고 입찰 때문에 며칠 아이들에게 신경을 쓰지도 못했다. 그런데 이런 깜짝 선물을 받으니 피로가 싹 씻기는 것 같았다.

"뭔데 그렇게 실실 웃어?"

정훈민이 현우에게서 편지를 건네받았다. 정훈민의 눈동자가 휘둥그레졌다.

"소, 소녀의 편지다! 이솔이 누구야? 누군데?!"

이진이도 호기심을 보이고 있었다. 현우가 머리를 긁적였다. 비밀은 아니었지만 굳이 밝히기도 좀 그랬다.

'뭐 믿을 만한 사람들이니까.'

현우가 쿠키를 먹으며 다시 입을 열었다.

"회사 연습생이에요."

"연습생이라고요?!"

이진이가 깜짝 놀랐다. 이제 자리를 잡기 시작한 어울림에 설마 연습생이 있으리라곤 생각하지 못했기 때문이다.

"현우 씨, 걸 그룹까지 만들 생각이에요?"

"네. 뭐 어쩌다 그렇게 됐습니다."

"현우 씨가 제작하는 걸 그룹, 기대되기도 하고 무섭기도 하네요."

"무섭기까지 합니까?"

현우는 쓰게 웃었다.

"당연하죠. 지유를 발굴하고 데뷔시킨 제작자가 바로 현우 씨잖아요."

"지유는 워낙 본인이 잘나서 잘되고 있는 겁니다."

"동생아. 적당히 겸손하자. 밥 아저씨가 '참 쉽죠? 하는 소리로 들린다. 근데 소녀들은 어디에 있어? 오늘 회사에 나온 거 아냐? 아까 보니까 지하에 연습실도 있던데, 거기 있나?!"

"아마 거기에 있을 겁니다."

미니 냉장고에서 꺼낸 음료수들이 미지근했다. 또 핸드폰을 확인해 보니 김수정으로부터 연습실에 있다는 코코넛 톡이 와 있었다.

"아이들 보고 가실래요?"

"네, 물론이에요. 그전에 확실히 하고 가요. 지유는 출연시켜 주실 거죠?"

이진이가 A4 용지 한 장을 현우에게 건네었다. 기획 회의에서 나온 아이템을 간추린 모양이었다. 현우는 진지한 얼굴로 기획안을 살펴보았다. 트로트 특집 같은 프로젝트도 아니고 단발성 출연이라 부담이 적었다.

"당연히 출연해야죠."

"고마워요."

"고맙다! 동생아!"

정훈민이 현우를 와락 껴안았다.

*　　　　*　　　　*

두터운 방음문을 보며 현우는 이마를 짚었다. 2층 녹음실도 모자라 지하 1층 연습실도 고가의 방음 장비들을 사용한 것 같았다. 방음문을 열자마자 음악 소리가 현우의 귀를 강타했다. 그리고 다섯 명의 아이들이 전신 거울이 부착된 벽을 바라보며 안무 연습을 하고 있었다.

"조용히 지켜보죠."

세 사람이 가만히 아이들을 지켜보았다.

대형을 갖춘 아이들이 군무를 추고 있었다. 다른 아이들과 친해졌는지 무대 공포증이 있는 이솔도 편안하게 춤을 추고 있었다.

"신기하네요. 저기 작은 아이 말이에요. 유난히 눈에 들어오는 거 같아요."

"작가님도 그렇게 생각하십니까?"

현우는 이진이의 안목에 감탄했다. 일반인들에게 많이 알려져 있지는 않지만, 인기 예능은 피디와 같은 연출자보다 작가들의 능력이 더욱 중요하다. 또 유행을 읽고 예측할 수 있으며 때로는 유행을 이끌어야 했기에 이진이 같은 뛰어난 작가들은 감각이 남달랐다.

"다른 아이들도 마찬가지예요. 얼굴도 예쁘고 실력도 꽤 있네요. 어디서 이런 아이들을 데리고 온 거예요?"

"영업 비밀입니다."

"현우 씨!"

현우의 농담에 이진이가 얼굴을 찌푸렸다. 그사이 노래가 끝나고 아이들이 철퍼덕 바닥으로 주저앉았다.

짝짝짝. 현우와 두 사람이 박수를 쳤다.

"매니저님!"

"어?! 매니저님이다!"

가장 먼저 현우를 발견한 김수정과 배하나가 벌떡 일어났다. 그리고 아이들과 함께 쪼르르 달려왔다.

"학교 끝나고 바로 온 거야?"

"네!"

아이들이 입을 모아 소리쳤다.

"기특한 녀석들. 대표실 청소해 놓은 거 잘 봤다. 음료수도 잘 마셨고. 고맙다, 솔아. 쿠키 맛있던데?"

현우의 칭찬에 아이들이 배시시 웃었다.

"어?! 정훈민이다!"

별안간 배하나가 소리를 쳤다. 뒤이어 나머지 아이들도 난리가 났다.

정훈민이 만족스러운 얼굴로 고개를 절레절레 저었다.

"여기 훈민이 형은 다들 알지? 인사들 해."

"안녕하세요! 어울림 연습생들입니다!"

그새 구호를 만든 것 같았다."

여기 이분은 무모한 형제들의 이진이 작가님이야."

"안녕하세요! 어울림 연습생들입니다!"

아이들의 긍정적인 에너지에 이진이가 호호 입을 가리고 웃었다. 아이들과 몇 마디를 나누고 현우는 두 사람을 배웅하기로 했다. 정훈민이 차를 가지러 간 사이 현우와 이진이 단둘만이 남았다.

"현우 씨, 갑작스러운 제안이긴 한데요."

"네, 말씀하세요."

"무형 말고 다른 예능에도 출연을 하셨으면 해요."

"다른 예능 말입니까? 지유가 방학이긴 하지만 무리를 시킬 생각은 없습니다."

"지유 이야기가 아니에요."

"설마 우리 연습생 아이들을 말씀하시는 겁니까?"

"맞아요. '발굴! 뉴 스타!'가 종영되면 새 예능이 들어갈 거
예요."

잘나가고 있는 무형과 달리 '발굴! 뉴 스타!'는 시청률 3%대
를 기록하며 결국 조기 종영이 결정되었다. 비열했던 김기태
피디의 최후에 현우는 속이 후련했다.

"승훈 씨가 새로 편성되는 예능을 맡았어요."

"그래요?"

"네. 더 놀라게 해드릴까요? 메인 작가는 저예요."

순간 현우는 냄새를 맡았다. 이진이는 능력이 뛰어난 작가
였다. 그리고 이준영 피디보다는 못하지만 이승훈도 예능에
남다른 열정을 가지고 있는 젊은 피디였다.

"우리 연습생 아이들이 나갈 만한 프로라면… 혹시 오디션
프로입니까?"

"오디션 프로 맞아요. 그런데 기존의 오디션 프로랑은 좀 많
이 다를 거예요. 다들 깜짝 놀랄걸요?"

음악 케이블 방송에서 외국 오디션 프로의 포맷을 수입해
왔고, 이를 계기로 오디션 프로는 현재 전성기를 맞이하고 있
었다. MBS도 '우리는 가수다'라는 경연 프로가 큰 인기를 얻

고 있었다.

"기획안은 현우 씨 메일로 보내줄게요."

"알겠습니다. 잠시만요. 전화가 오네요."

발신자는 재임 미디어의 최민철 팀장이었다.

"네. 김현우입니다."

─매니저님, 프레젠테이션 결과가 나왔습니다.

"벌써요? 하루도 안 되어서 결정이 난 겁니까?"

─예. 음주 스캔들 때문에 주로 쪽에서 마음이 급한 모양입니다. 저희도 놀랐습니다.

"결과는요?"

괜히 심장이 떨렸다.

─신창 기획에서… 광고를 따낸 것 같습니다.

"뭐라고요!?"

현우는 자기도 모르게 소리를 지르고 말았다.

『내 손끝의 탑스타』 3권에 계속…

초대형 24시 만화방

신간 100%, 샤워실, 흡연실, 수면실(침대석), 커플석, 세탁기 완비

■ 광명 광명사거리역점 ■

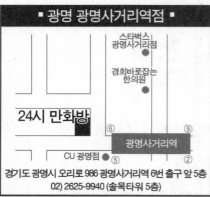

경기도 광명시 오리로 986 광명사거리역 6번 출구 앞 5층
02) 2625-9940 (솔목타워 5층)

■ 강북 노원역점 ■

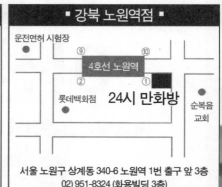

서울 노원구 상계동 340-6 노원역 1번 출구 앞 3층
02) 951-8324 (화용빌딩 3층)

■ 일산 정발산역점 ■

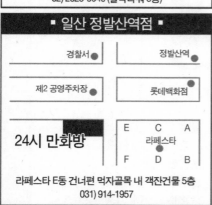

라페스타 E동 건너편 먹자골목 내 객잔건물 5층
031) 914-1957

■ 일산 화정역점 ■

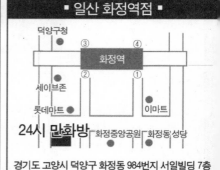

경기도 고양시 덕양구 화정동 984번지 서일빌딩 7층
031) 979-4874 (서일사우나 건물 7층)

■ 부천 역곡역점 ■

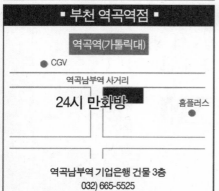

역곡남부역 기업은행 건물 3층
032) 665-5525

■ 부평역점 ■

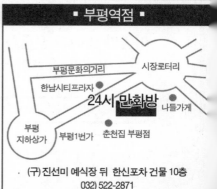

(구)진선미 예식장 뒤 한신포차 건물 10층
032) 522-2871